Mars 1897

GARNIER FRÈRES, LIBRAIRES-ÉDITEURS

6, rue des Saints-Pères, PARIS

Envoi franco contre mandat ou timbres-poste joints à la demande. — Nous adressons notre Catalogue complet aux personnes qui en feront la demande.

BESCHERELLE

NOUVEAU DICTIONNAIRE NATIONAL

GRAMMAIRE
LETTRES
SCIENCES
ARTS
INDUSTRIE
HISTOIRE
et
GÉOGRAPHIE
etc.

40
Planches
en
Couleurs
Nombreuses
Gravures

QUATRE
VOLUMES
IN-4°

SOUSCRIPTION : 184 livraisons à 50 centimes (1re livraison : 10 centimes)

(*Voir page 2.*)

popu
LONLA
texte, c

TROISIÈME ÉDITION

1re LIVRAISON CONTENANT 2 PLANCHES COLORIÉES, PAR EXCEPTION — 10 CENTIMES

La dixième livraison est en vente.

NOUVEAU DICTIONNAIRE NATIONAL

OU

DICTIONNAIRE UNIVERSEL DE LA LANGUE FRANÇAISE

Répertoire encyclopédique des Lettres, de l'Histoire, de la Géographie, des Sciences, des Arts et de l'Industrie

PAR **BESCHERELLE** AÎNÉ

CONTENANT

1° La NOMENCLATURE la plus riche et la plus étendue que l'on puisse trouver dans aucun dictionnaire;

2° L'ÉTYMOLOGIE de tous les mots de la langue, d'après les recherches les plus récentes;

3° La PRONONCIATION de tous les mots qui offrent quelque difficulté sous ce rapport;

4° L'EXAMEN critique et raisonné des principaux dictionnaires;

5° LA SOLUTION de toutes les difficultés d'orthographe, de grammaire et de style, appuyée sur l'autorité des auteurs les plus estimés;

6° LA BIOGRAPHIE des personnages les plus remarquables de tous les pays et de tous les temps;

7° Les **NOMS** de tous les peuples anciens et modernes, de tous les souverains, des institutions publiques, des ordres monastiques ou militaires, des sectes religieuses, politiques, philosophiques; les grands événements historiques, sièges, batailles, etc,

8° La GÉOGRAPHIE ancienne et moderne, physique et politique.

Nombreuses Vignettes. — Lettres ornées, dessinées par CATENACCI. — Superbe frontispice par AVRIL et gravé par NAVELLIER. — Planches en chromotypographie donnant les drapeaux des principales puissances du monde entier.

Ouvrage enrichi d'une collection choisie de Cartes géographiques coloriées et de Tableaux encyclopédiques consacrés à l'Histoire naturelle, à la Mécanique, à la Technologie, et aux Nouvelles Découvertes scientifiques.

Le *Nouveau Dictionnaire National de Bescherelle* se compose de 508 feuilles. Il forme quatre magnifiques volumes en caractères nets et très lisibles, contenant 4000 pages en 16000 colonnes qui représentent la matière de 400 volumes in-8° Cet ouvrage est orné de nombreuses vignettes, et imprimé sur papier grand raisin glacé et satiné. Broché **100** fr. Relié 1/2 chag., plats toile **120** fr.

Pour faciliter l'acquisition du NOUVEAU DICTIONNAIRE NATIONAL de BESCHERELLE Aîné, il sera livré à tout souscripteur moyennant une première somme de DIX FRANCS versée en souscrivant, et un paiement mensuel de CINQ FRANCS. L'ouvrage sera adressé, aussitôt réception du Bulletin de souscription ci-dessous, accompagné de DIX FRANCS.

Détacher le bulletin et l'envoyer sous enveloppe affranchie, après l'avoir rempli, à MM. GARNIER FRÈRES, 6, rue des Saints-Pères, Paris.

NOUVEAU DICTIONNAIRE NATIONAL

OU

DICTIONNAIRE UNIVERSEL DE LA LANGUE FRANÇAISE

PAR

BESCHERELLE Aîné

Quatre volumes grand in-4° (4,000 pages). BROCHÉ, 100 FR. — RELIÉ, 120 FR.

BULLETIN DE SOUSCRIPTION

Je, soussigné, ____________________

profession ou qualité : ____________________

demeurant à ____________________

déclare souscrire à un exemplaire (1) ____________ *du* **NOUVEAU DICTIONNAIRE NATIONAL** *de* **BESCHERELLE Aîné**, *édité par* MM. GARNIER FRÈRES, *et ce, moyennant la somme de* (2) ____________ *que je m'engage à payer de la manière suivante :*

DIX francs ci-joints, en un mandat de poste,

Et le surplus à raison de Cinq francs *par mois, à présentation de chaque traite.*

A, ____________, *le* ____________ 189

SIGNATURE :

(1) *Broché* ou *relié.*

(2) Écrire en toutes lettres le prix de l'ouvrage *relié* ou *broché.*

LA GUERRE DE 1870-1871

FRANÇAIS ET ALLEMANDS

HISTOIRE ANECDOTIQUE DE LA GUERRE DE 1870-71

Par DICK DE LONLAY

Format grand in-8° jésus.— Chaque vol. contient de nombreux dessins, plans de batailles, et 120 grav. en couleur, broché . . . **12** fr.— Relié, plaque spéciale, tranches dorées . . **16** fr.

Demi-chagrin, tranches dorées . . . . **18** fr.

1re partie. — Niederbronn, Wissembourg, Frœschwiller, Châlons, Buzancy, Bazeilles, Sedan.

2e partie.— Sarrebruck, Spickeren, La Retraite sur Metz, Pont-à-Mousson, Borny.

3e partie.— Gravelotte, Rezonville, Vionville, Mars-la-Tour, Saint-Marcel, Flavigny, Les Lignes d'Amanvillers, Saint-Privat, Sainte-Marie-aux-Chênes, Les Fermes de Moscou, et de Leipsick, Le Point-du-Jour.

4e partie.— L'investissement de Metz, La Journée des Dupes, Servigny, Noisseville, Flanville, Nouilly, Coincy, Le Blocus de Metz, Peltre, La Capitulation.

L'ARMÉE DE

LA LOIRE

Relation anecdotique de la Campagne de 1870-1871

Par GRENEST

Illustrée de 120 gravures en couleurs. Par L. BOMBLED

ORLÉANS — CHATEAUDUN — COULMIERS — LOIGNY VENDOME — LE MANS

1 vol. grand in-8° broché . . . . **12** fr.

Rel. toile, plaq. spéciale, tr. dor. . **16** fr.

L'ARMÉE DE

L'EST

Relation anecdotique de la Campagne de 1870-1871

Par GRENEST

Illustrée de 120 gravures en couleurs Par L. BOMBLED

LA BOURGOGNE — DIJON — NUITS — VILLERSEXEL HÉRICOURT — LA CLUSE

1 vol. grand in-8° broché . . . . . . **12** fr.

Rel. toile, plaq. spéciale, tr. dor. . **16** fr.

LE MÉMORIAL

DE SAINTE-HÉLÈNE

Par le **Comte de LAS CASES**

SUIVI DE LA BIOGRAPHIE DES MARÉCHAUX DE NAPOLÉON

Par Désiré LACROIX

2 volumes grand in-8° contenant environ 240 gravures en couleurs par L. Bombled.

Chaque volume se vend séparément

Broché, couverture coloriée . . **12** fr. — Relié toile, plaque, tranches dorées. **16** fr.

LA GUERRE A MADAGASCAR

HISTOIRE ANECDOTIQUE DE L'EXPÉDITION

Par H. GALLI

2 VOLUMES GRAND IN-8°, CONTENANT ENVIRON 240 GRAVURES EN COULEURS, PORTRAITS CARTES ET PLANS

Par L. BOMBLED

Chaque volume se vend séparément

Broché, couverture coloriée, le vol. **12** fr. — Relié, doré, plaque chromo, le vol. **16** fr.

Nous appelons l'attention des lecteurs sur cette collection de dix volumes historiques. Ils remarqueront combien — *malgré leur valeur documentée, leur intérêt patriotique, les soins apportés à leur édition et les nombreuses gravures coloriées qui ornent le texte* — modique est le prix que nous avons établi pour chacun d'eux. Ce n'est d'ailleurs qu'encouragés par le très grand nombre de souscripteurs que nous avons pu le faire. Le succès toujours augmentant des ouvrages de cette collection nous permet — *et aussi pour être agréable aux souscripteurs* — d'offrir aujourd'hui en PRIME aux acheteurs de ces dix volumes : NOTRE ARMÉE, histoire populaire et anecdotique de l'Infanterie française des Gaulois jusqu'à nos jours par DICK DE LONLAY, 1 volume grand in-8 jésus, illustré de dessins en couleurs et de gravures chromo hors texte, d'une valeur de 12 francs.

BIBLIOTHÈQUE CHOISIE

Collection des meilleurs ouvrages français et étrangers, anciens et modernes, format grand in-18, dit anglais, papier jésus vélin. Cette collection est divisée par séries. La première série contient, sauf quelques exceptions, des volumes à **3** *fr.* **50**
La deuxième à **3** *fr. le volume*

PREMIÈRE SÉRIE.— VOLUMES GRAND IN-18 **3** FR. **50**,— RELIURE: **2** FR. EN PLUS PAR VOLUME

BELLOT (J.-R.). Journal d'un Voyage aux mers polaires. 1 vol.

BÉRANGER (Œuvres complètes), avec grav. 4 vol.

— Chansons anciennes, avec gravures 2 vol.

— Œuvres posthumes. Dernières chansons (1834 à 1851). Illustré. 1 vol.

— Ma biographie. Œuvres posthumes de Béranger, suivies d'un appendice. Illustré. 1 vol.

PRÉVOST (l'abbé). Manon Lescaut. Notice par J. Janin. 150 gravures par TONY JOHANNOT. 1 vol.

RONSARD. Œuvres choisies, notice, notes et glossaires, par VOIZARD. 1 vol.

ROUSSEAU (J.J.) Lettres à d'Alemberg sur les spectacles avec notes, par M. FONTAINE, professeur à la faculté des Lettres. 1 vol.

BOURGOIN. Les maîtres de la critique. 1 vol.

CHARPENTIER. La littérature française au dix-neuvième siècle. 1 vol.

CHATEAUBRIAND. (Extraits des Œuvres). 1 fort vol. in 18 annoté par M. NOLLET, professeur agrégé

DARBOY(Mgr), archevêque de Paris. Les femmes de la Bible. 1 fort vol. vignettes de STAAL.

DUPONT(Pierre). Chansons et poésies Quatrième édition, augmentée de chants nouveaux. 1 vol.

FAVRE (Jules), de l'Académie française. Conférences et discours littéraires. 1 vol.

Gravure extraite de *Manon Lescaut*

FRANÇOIS DE SALES (Saint). Nouveau choix de Lettres. 1 vol.

GERUZEZ. Essai de littérature française, 2 vol. 1er vol. *Moyen Age et Renaissance ;* 2e vol. *Temps modernes*. 3e édition.

JOUVENCEL (Paul de). La vie. 1 vol.

Les Déluges (*Développements du globe*). 1 vol.

LAMARTINE. Histoire de la Révolution de 1848. 4e édit. 2 vol.

LAMENNAIS. L'Imitation de J.-C. ; belle édition, frontispice en couleur. grav. 1 vol.

MAROT (Œuvres choisies de), accompagnées d'une étude, de notes et d'un glossaire, par M. VOIZARD, docteur ès lettres. 1 vol.

MARTIN. Education des Mères de famille. Ouvrage couronné par l'Académie française. 1 vol

MENNECHET (Œuvres de Ed.) 6 vol.

— Matinees littéraires. Cours complet de littérature moderne. Cinquième édition. 4 vol.

— Histoire de France, dep. la fond. de la monarchie. 2 vol. Ouv cour. par l'Académie française

NECKER DE SAUSSURE. Éducation progressive ou Etude du cours de la vie. 2 vol.

OLLIVIER (E.). de l'Académie française.

— 1789-1889. 1 vol.

— Michel-Ange. 1 vol.

— Marie-Magdeleine. Récits de jeunesse. 1 vol.

PARDIEU (M. le comte Ch. de) Excursion en Orient, l'Egypte, la Palestine, la Syrie. 1 vol.

SAINTE-BEUVE (Œuvres de). 20 volumes.

— Causeries du Lundi. 15 volumes.

Ce charmant recueil contient une foule d'articles non moins variés qu'intéressants. Chaque volume se vend séparément.

— Extraits des Causeries du Lundi, par ROBERT et PICHON. 1 vol.

— Portraits littéraires et derniers portraits, suivis des *Portraits de Femmes*. Nouvelle édition. 4 vol.

TOME Ier. — Boileau, Pierre Corneille, La Fontaine, Racine, André Chénier, Diderot, Ampère, Bayle, La Bruyère, Millevoye, etc.

TOME II. — Molière, Delille, Bernardin de Saint-Pierre, Fontanes, Joubert, de Maistre, etc.

TOME III. — François Ier poète, Mlle Aïssé, Benjamin Constant, Rémusat, Mme de Krudner, Mmes de Staal, de Launay, etc.

TOME IV. — Portraits de Femmes. Mmes de Sévigné, de Souza, de Duras, de Staël, Roland, Guizot, de La Fayette, de Krudner, Rémusat.

Table générale et analytique des *Causeries du Lundi*, des *Portraits littéraires* et des *Portraits de femmes*. 1 vol.

Discours prononcé au collège de France à l'ouverture du cours de poésie latine. 1 vol. » 75

SAINTE BIBLE, trad. par LEMAISTRE DE SACY. 2 f. v.

TALLEMANT DES RÉAUX. Historiettes. Mémoires pour servir à l'histoire du quinzième siècle, publiés sur le manuscrit autographe de l'auteur. 2e édit., par M. MONMERQUÉ. 10 tomes en 5 vol. avec portraits.

BIBLIOTHÈQUE CHOISIE

Collection des meilleurs ouvrages français et étrangers, anciens et modernes, format grand in-18, dit anglais, papier jésus vélin

Chaque volume broché, 3 fr.

RELIÉ DEMI-VEAU, GARDE ET TRANCHE PEIGNE, GENRE ANTIQUE, **5** FR.

ARIOSTE. Roland furieux. Traduction nouvelle par HIPPEAU. 2 vol.

ARISTOPHANE. Théâtre. Traduction française de BROTIER, revue par M. HUMBERT, 2 vol.

ARISTOTE. La Politique. Traduction de THUROT, édition revue par BASTIEN. 1 vol.

— Poétique et Rhétorique. Traduction nouvelle, par C. RUELLE. 1 vol.

AURIAC (D'). Théâtre de la Foire, avec un essai historique. 1 vol.

BACHAUMONT. Mémoires secrets, revus et publiés avec des notes. 1 fort vol. de 500 p.

BARTHÉLEMY. Némésis. Nouvelle édition, collationnée sur les éditions de 1833, 1838. 1 vol.

BASSELIN (Ollivier). Vaux de Vire, poète normand du XVe siècle, et Jean de Houx, poète virois. Notice et notes par CH. NODIER. 1 vol.

BEAUMARCHAIS. Mémoires. 1 vol.

Théâtre. 1 vol.

BEECHER-STOWE, La Case de l'Oncle Tom. Traduit par Michiels. 1 vol.

BÉRANGER des familles. vign. sur acier. 1 v.

BERNARDIN DE SAINT-PIERRE. Paul et Virginie, suivi de la CHAUMIÈRE INDIENNE, avec vign. 1 vol.

BÉROALDE DE VERVILLE. Le moyen de parvenir, cont. la raison de ce qui a été, est et sera. Notes, notices, table analyt. 1 vol.

BERTHOUD. Légendes et traditions surnaturelles des Flandres. 1 vol.

— Les Femmes des Pays-Bas et des Flandres. 1 vol.

BOCCACE. Contes, traduit par SABATIER DE CASTRES. 1 vol.

BOILEAU (Œuvres de) avec notice de SAINTE-BEUVE, et notes par M. GIDEL. 1 vol.

BONAVENTURE DES PERIERS. Le Cymbalum mundi, précédé de Nouvelles Récréations et Joyeux Devis. Nouvelle édit. revue. 1 vol.

BOSSUET (Œuvres de) 11 vol.

— Discours sur l'histoire universelle. 1 v.

— Élevation à Dieu sur les mystères de la Religion. Edition revue. 1 vol.

— Méditations sur l'Évangile. Revues sur les manuscrits originaux. 1 vol.

— Oraisons funèbres, panégyriques: 1 vol.

— Sermons (Edit. comp.), revue avec soin. 4 v.

— Sermons choisis. Nouvelle édition. 1 vol.

— Traité de la Connaissance de Dieu et de soi-même. 1 vol.

— Traité de la Concupiscence. Maximes et réflexions sur la comédie. La logique. Traité du libre arbitre. 1 vol.

BOURDALOUE. Chefs-d'œuvre oratoires. 1 vol.

BRANTOME. Vie des dames galantes. Notes historiques. 1 vol.

— Vie des dames illustres françaises et étrangères. Notes par L. MOLAND. 1 vol.

BRILLAT-SAVARIN. Physiologie du goût suivie de la *Gastronomie*, par BERCHOUX. 1 vol.

BUSSY-RABUTIN. Histoire amoureuse des Gaules, suivie de la *France galante* 2 vol.

BYRON (Œuvres complètes de lord). Trad. d'A. PICHOT, 15e édition, augmentée de notices et de pièces inédites. 4 vol.

CAMOENS. Les Lusiades. 1 vol.

CÉSAR CANTU Abrégé de l'Histoire universelle, traduit de l'italien, par L. XAVIER DE RICARD, avec un portrait de l'auteur. 2 vol.

CASANOVA (Mémoires de J.), suivis de fragments des *Mémoires du prince de Ligne,* écrits par lui-même. 8 vol.

CENT NOUVELLES NOUVELLES, texte revu avec beaucoup de soin. 1 vol.

CERVANTÈS. Don Quichotte. Trad. par DELAUNAY. 2 vol.

CHASLES (Philarète). 4 vol.

— Étude sur l'Allemagne au XIXe siècle 1 vol.

— Voyages, Philosophie et Beaux-Arts. 1 vol.

— Portraits contemporains. 1 vol.

— Encore sur les contemporains. 1 vol.

CHATEAUBRIAND. Œuvres. 10 vol.

— Génie du Christianisme, suivi de la *Défense du Génie du Christianisme.* Avec notes 2 v.

— Les Martyrs ou le Triomphe de la Religion chrétienne. Nouv. édition revue. 1 vol.

— Itinéraire de Paris à Jérusalem. Nouvelle édition 1 vol.

— Atala — René — Le dernier Abencérage — Les Natchez, etc. 1 vol.

— Voyages en Amérique, en Italie et au Mont-Blanc. 1 vol.

— Paradis perdu. Littérature anglaise. 1 vol.

— Études historiques. 1 vol.

— Histoire de France. Les quatre Stuarts. 1 vol.

— Mélanges historiques et politiques, suivis de la Vie de Rancé. 1 vol.

CHÉNIER (André). Œuvres poétiques. Nouvelle édition. 2 vol.

— Œuvres en prose. Nouvelle édition. 1 vol.

COLLIN D'HARLEVILLE. Théâtre. Introduction par L. MOLAND. 1 vol.

CORNEILLE. Edition collationnée sur la dernière publiée du vivant de l'auteur, avec notes, 2 v.

— Théâtre. Nouvelle édition 1 vol.

COURIER. Œuvres. Précédées d'un essai sur la vie et les écrits de l'auteur, par CARREL. 1 v.

COUSIN (V.), de l'Académie française. Instruction publique en France (1830-1848). 2 vol.

CREQUY (la marquise de). Souvenirs (1718-1813). Nouvelle édition, revue, corrigée et augmentée. 10 tomes en 5 vol., avec 10 portraits sur acier.

CYRANO DE BERGERAC. Histoire de la Lune et du Soleil. 1 vol.

DANTE (ALIGHIERI). La divine Comédie. Traduction par ARTAUD DE MONTOR. 1 vol.

DASSOUCY. Aventures burlesques, avec préface et notes. 1 vol.

DELACLOS. Les liaisons dangereuses. 1 vol.

DELAVIGNE (Casimir). (Œuvres complètes) 3 vol.

DELILLE (Œuvres), avec notes de Delille, Choiseul-Gouffier, Martin. 2 vol.

DEMOUSTIER. Lettres à Émilie sur la mythologie. Notice. Edition revue. 1 vol.

DÉSAUGIERS. Théâtre choisi. Notice et étude d'ensemble sur son théâtre, par MOLAND. 1 v.

DESCARTES. Œuvres choisies. Discours de la méthode. Méditations métaphysiques. 1 vol.

DESTOUCHES. Théâtre. Notes de MOLAND 1 vol.

DIDEROT. Œuvres choisies. Précédées de sa vie, par Mme de VANDEUL. *La religieuse. Lettres sur les aveugles. Entretiens. Petits chefs-d'œuvre. Le neveu de Rameau. Le Père de famille. Salons. Correspondance avec Mlle Voland.* 2 vol.
— **Jacques le Fataliste et son Maître.** Notices et notes, par J. ASSÉZAT. 1 vol.
— **Les bijoux indiscrets.** Notices et notes, par J. ASSEZAT.

DIODORE DE SICILE. Traduction nouvelle, avec notes. 4 vol.

DONVILLE. Mille et un calembourgs et bons mots. *Histoire du Calembour.* 1 vol.

DUPONT (Pierre). **Muse juvénille, vers et prose** 1 volume.

DU PUGET (Mlle). Romans de famille, traduits du suédois, sur les textes originaux suédois. 19 volumes.
— **Les Voisins,** 5e édition. 1 volume.
— **Le Foyer domestique** *ou Chagrins et Joies de la famille,* 2e édition. 1 volume.
— **Les Filles du Président,** 3e édition. **1 vol.**
— **La famille H.,** 2e édition. 1 volume.
— **Un Journal.** 1 volume.
— **Guerre et Paix, le Voyage de la Saint-Jean.** 1 volume.
— **Abrégé des Voyages de Mlle Bremer.** 1 vol.
— **La Vie de famille dans le Nouveau-Monde,** lettres écrites pendant un séjour dans l'Amérique du Nord et à Cuba. 3 volumes.
— **Les Cousins,** par Mme la baronne de KNORRING, traduit du suédois, 2e édition, 1 volume.
— **Une femme capricieuse,** par Mme Emilie CARLEN, traduit du suédois. 2 volumes.
— **L'Argent et le Travail, tableau de genre, par** l'ONCLE ADAM, traduit du suédois, 1 vol.
— **La Veuve et ses Enfants,** par Mme SCHWART. Charmant roman d'éducation. 1 vol.
— Fleurs scandinaves, choix de poésies. **1 vol.**
— **La Suède depuis son origine jusqu'à nos jours,** par AGARCH. 1 volume.

DUPUIS. Abrégé de l'Origine de tous les cultes. 1 volume.

ESCHYLE. Théâtre. Traduction revue par **M.** HUMBERT 1 volume.

FÉNELON. Œuvres choisies. De l'Existence de Dieu. Lettres sur la Religion, etc, 1 vol.
— Dialogues sur l'Éloquence. De l'Éducation des Filles. Fables. Dialogues des morts, 1 vol.
— **Aventures de Télémaque,** notes géographiques, littéraires. 8 gravures. 1 volume.

FLÉCHIER (Voy. **Massillon**).

FLEURY. Discours sur l'histoire ecclésiastique. Mœurs des Israélites. Traité des Chrétiens. 2 vol.

FLORIAN. Fables, suivies de son théâtre, notice par SAINTE-BEUVE. Illustrations par GRANDVILLE. 1 volume.
— **Don Quichotte de la jeunesse,** vignettes, dessins de STAAL. 1 volume.

FONTENELLE. Éloges, introduction et notes par P. BOUILLIER. 1 volume.

FOURNEL (Victor). **Curiosités théâtrales.** 1 vol.
— **Ce que l'on voit dans les rues de Paris. 1 vol.**

FURETIÈRE Le Roman bourgeois. Ouvrage comique. Notice et notes, par M. F. TULOU. 1 vol.

GENTIL-BERNARD. L'art d'aimer. — Les Amours, par BERTIN. — **Le Temple de Gnide,** par LÉONARD. — **Les Baisers,** par DORAT. — **Zélie au bain,** par PEZAY. — **Pièces des Poètes érotiques.** Notices et notes, par F. DE DONVILLE. 1 volume.

GILBERT. Œuvres. Nouvelle édition. **Notice historique** par CH. NODIER. 1 volume.

GŒTHE. Faust et le second **Faust, choix de poésies** de Gœthe, Schiller, etc., traduites **par** GÉRARD DE NERVAL. 1 volume.
— Werther, suivi de **Hermann et Dorothée 1 vol.**

GOLDSMITH. Le Vicaire de Wakefield. Traduction avec texte et vie de l'Auteur 1 vol.

GRESSET. Œuvres choisies. 1 volume.

HAMILTON. Mémoires de Grammont. Préface par SAINTE-BEUVE. 1 volume.

HÉLOISE ET ABÉLARD. Lettres. traduites **par M.** GRÉARD, de l'Institut. 1 volume.

HEPTAMÉRON (L').Contes de la reine de **Navarre.** Nouvelle édition. 1 volume.

HÉRICAULT. Maximilien et le Mexique. Histoire de l'empire mexicain. 1 volume.

HÉRODOTE. Histoire. Traduction de **LARCHER,** notes, index, par L. HUMBERT. **1 volume.**

HOMÈRE. Iliade. Traduction DACIER. **Nouvelle** édition, revue et corrigée 1 volume.
— Odyssée Traduction par la MÊME, **édition** revue, suivie des petits poèmes **attribués à** Homère. Trad. DUGAS-MONTBELL. **1 volume.**

JACOB (P. L.), bibliophile. **Curiosités infernales.** Diables, Sous-Anges, Fées, Elfes, **Follets et** Lutins, Possédés et Ensorcelés, **Revenants,** etc. 1 volume.
— **Curiosités des sciences occultes.** Alchimie, Talismans, Amulettes, Astrologie, Chiromancie, Prédictions, Présages, Onirocritie, **Cartomancie,** Secrets d'amour, etc. **1 volume.**
— **Curiosités théologiques.** Légendes, **Miracles,** Superstitions, Prédictions bizarres, **Brahmanes,** Boudhistes, Mahométans, **Diables,** Mormons. 1 volume.
— **Paris ridicule et burlesque** au XVIIe **siècle par** Claude Le Petit, Berthod, Scarron, **Colletet** etc. 1 volume.
— **Recueil de Farces,** soties et moralités **du** XVe siècle. Maître Pathelin, le nouveau **Pathelin,** le Testament de Pathelin, **Moralité de** l'Aveugle et du Boiteux, la Farce du **Munyer,** la Condamnation de Bancquet. 1 volume.

LA BRUYÈRE. Les Caractères de Théophraste ou les Mœurs de ce siècle. Notice de SAINTE-BEUVE. 1 volume.

LA FAYETTE. (Mme de). **Romans et nouvelles.** — Zaïde. — Princesse de Clèves. — **Princesse** de Montpensier. — Comtesse **de Tendre.** 1 volume.

LA FONTAINE. Fables, avec notes **philologiques** et littéraires, illustrées de 8 gravures, **1 vol.**
— **Contes et Nouvelles.** Nouvelle édition **revue** avec soin et accompagnée **de notes explicatives.** 1 volume.

LAMENNAIS. 9 volumes.
— **Essais sur l'indifférence en matière de religion.** 4 vol. Le premier volume se vend séparément.
— **Paroles d'un croyant.** *Le Livre du Peuple.* Une voix de prison. — Du passé et de l'avenir du peuple. — De l'esclavage moderne. 1 volume.
— **Affaires de Rome.** 1 volume.
— **Les Evangiles**, traduction nouvelle, avec des notes et réflexions. 1 volume.
— **De l'Art et du Beau**, tiré de l'*Esquisse d'une philosophie*. 1 volume.
— **De la Société première et de ses lois**, ou la religion. 1 volume.

LA ROCHEFOUCAULD. Réflexions, sentences et maximes morales, suivies des *Œuvres choisies de Vauvenargues*, notes de Voltaire. 1 volume.

LAVATER et GALL. Physiognomonie et Phrénologie, par A. YSABEAU, 150 figures. 1 volume.

LE SAGE. Histoire de Gil Blas de Santillane. 1 volume.
— **Le Diable boiteux.** 1 volume.
— **Guzman d'Alfarache.** 1 volume.

LESPINASSE (Mlle de). **Lettres** précédées d'une notice de Ste-Beuve et suivies des autres écrits de l'auteur et des principaux documents qui le concernent. 1 volume.

LONLAY (Dick de). **En Bulgarie.** Sistova, Tirnova, Souvenirs de guerre. 67 dessins. 1 vol. in-18.

LOUVET DE COUVRAY. Les Amours du Chevalier de Faublas. Nouvelle édition. 2 volumes.

LUCIEN. Œuvres complètes. Traduction de Bellin de Ballu, revue et corrigée par Louis Humbert, professeur au lycée Condorcet. 2 vol.

MACHIAVEL. Le Prince. Traduction GUIRAUDET, maximes extraites des Œuvres de MACHIAVEL. Introduction, par L. DEROME. 1 volume.

MAHOMET. Le Koran, traduit de l'Arabe, notes, précédé de la **Vie de Mahomet.** 1 volume.

MAISTRE (Xavier de). **Œuvres complètes.** nouv. édit. *Voyage autour de ma Chambre. Expédition nocturne. Lépreux de la cite d'Aoste, Les Prisonniers du Caucase. La Sibérienne.* Préface par SAINTE-BEUVE. 1 volume.

MAISTRE (J. de). **Les Soirées de Saint-Pétersbourg** 2 volumes.

MALEBRANCHE. De la recherche de la vérité, notes et études de François BOUILLIER. 2 volumes.

MALHERBE. Œuvres poétiques, Vie de MALHERBE, par RACAN, suivies des lettres choisies. Préface par M. L. MOLAND. 1 volume.

MANZONI. Les Fiancés. 2 volumes illustrés.

MARCELLUS. Souvenirs de l'Orient. 1 vol.

MARIVAUX. Théatre choisi. Introduction par M. L. MOLAND. 1 fort volume.

MARMIER (Xavier). **Lettres sur la Russie.** 2e édition entièrement refondue. 1 volume.
— **Les Voyages nouveaux.** 3 volumes.

MAROT (Clément) **Œuvres complètes.** 2 volumes.

MARTEL. Recueil de proverbes français (origine, signification des proverbes, commentaires, partie anecdotique). 1 volume.

MARTIN (Mme Aimé). CHARLOTTE DE LA TOUR. **Le Langage des Fleurs**, gravures coloriées. 1 volume.

MASSILLON. Petit Carême. Sermons divers. Nouvelle édition, observations littéraires, par LA HARPE. 1 volume.

MONTAIGNE (**Essais de**), avec les notes de tous les commentateurs. 2 vol.

MONTESQUIEU. L'esprit des lois, avec notes de Voltaire, de Crevier, de La Harpe. 1 vol.
— **Lettres Persanes**, suivies d'*Arsace et Ismènie*, des *Pensées*, et du *Temple de Guide*. 1 vol.
— **Considérations sur les causes de la grandeur des Romains et de leur décadence.** 1 vol.

MOREAU (Hégésippe). **Œuvres**, contenant le *Myosotis*, etc. 1 vol.

NINON DE L'ENCLOS (**Lettres de**). **Mémoires** sur sa vie. Edition revue. 1 vol.

OVIDE. Les Amours. L'art d'aimer, etc. Traduct. étude sur Ovide, par JULES JANIN. 1 vol.

PARNY. Œuvres, élégies et poésies modernes. Nouv. édit., préface de SAINTE-BEUVE. 1 vol.

PASCAL (Blaise). **Pensées sur la religion** et quelques autres sujets. Nouvelle éditi n conforme au véritable texte de l'auteur et contenant les additions de Port-Royal. 1 vol.
— **Lettres écrites à un provincial, précédées** d'un Essai sur les *Provinciales*, 1 vol.

PELLICO (Silvio). **Mes prisons**, suivies des Devoirs des hommes, trad. du comte H. DE MESSEY. 6 grav. 1 vol.

PETRARQUE. Œuvres amoureuses. Sonnets, triomphes, trad. en franç., texte en reg. Notice sur la vie de Pétrarque, par GINGUENÉ. 1 volume.

PICARD. Théatre. Notes, notices par M. L. MOLAND, 2 vol. — I. *La petite ville. — Duhautcours. — Les Marionnettes. — Les deux Philibert.* — II *Les Ricochets. — La vieille Tante. — M. Musard. — Le vieux comédien. — Les deux ménages. — Les Visitandines.*

PINDARE et les lyriques grecs. Traduction par M. C. POYARD. Nouvelle édition augmentée d'ANACRÉON, de SAPHO et d'ERINA. 1 vol.

PIRON. Œuvres choisies, avec analyse de son Théâtre et des notes, par Jules TROUBAT, notice de SAINTE-BEUVE. 1 vol.

PLATON. L'État ou la République. Traduction de BASTIEN. 1 vol.
— **Apologie de Socrate. — Criton, Phédon. Gorgias.** Traduction de BASTIEN. 1 vol.

PLUTARQUE. Les Vies des Hommes illustres. Traduites par RICARD. Vie de **Plutarque.** 4 vol.

POETES moralistes de la Grèce : Hésiode, Théognis, etc. 1 vol.

QUINZE JOYES de mariages, not. et notes. 1 vol.

QUITARD. L'anthologie de l'Amour. Choix de pièces érotiques tirées des meilleures poètes français. 1 vol.
— **Proverbes** sur les femmes, l'amitié, l'amour, le mariage. 2 vol.

RABELAIS. Œuvres complètes. Collationnées sur les textes originaux, vie de l'auteur, bibliographie, glossaire, par M. L. MOLAND. **1 fort** volume.

RACINE. Théâtre complet. Remarques littéraires, notes classiques, par LEMAISTRE. 1 fort vol.

REGNARD. Théâtre. Notes et notice. 1 vol.

REGNIER (Mathurin). **Œuvres complètes.** Nouvelle édition augmentée d'un grand nombre de pièces. 1 vol.

ROMANS GRECS. Les Pastorales de Longus ou *Daphnis et Chloé.* — **Les Ethiopiennes d'Héliodore** ou *Théagène et Chariclée*, trad. revue par M. Louis HUMBERT.

— Etude sur le roman grec par CHASSANG. 1 vol.

MASSILLON, FLECHIER, MASCARON, Oraisons. 1 vol.

MENIPEE (La Satire), par PICHOU, RAPPIN, PASSERAT, GILLOT, FLORENT, CHRÉTIEN, GILLES, DURAND. 1 volume.

MERLIN COCAIE. Histoire macaronique, prototype de Rabelais, plus l'horrible bataille advenue entre les mouches et les fourmis. Notes sur la poésie macaronique. 1 volume.

MICHELS. Tunis. L'Orient africain. Arabes, Maures, Scènes de mœurs, Intérieurs, Sérails, Harems. 1 volume.

MILLE ET UNE NUITS Contes arabes. Trad. par GALLAND. Nouv. édit. revue avec soin. 3 vol.

MILLE ET UN JOURS. Contes arabes. 1 vol.

MILLEVOYE. Œuvres. Précédées d'une notice sur l'auteur, par SAINTE-BEUVE. 1 vol.

MIRABEAU (de). **Lettres d'amour.** Etudes sur Mirabeau, par MARIO PROTH. 1 vol.

MOLIÈRE. Œuvres complètes. Nouv. édit. avec des remarques nouvelles, par M. FÉLIX LEMAISTRE, précédée de la vie de Molière, par Voltaire. 3 vol.

RONSARD. Œuvres choisies. Notice, notes et commentaires, par SAINTE-BEUVE. Edition revue par M. MOLAND. 1 vol.

ROUSSEAU (J. J.). **Les Confessions.** Nouvelle édition. 1 vol.

— **Emile.** Nouvelle édition, revue. 1 fort vol.

— **La Nouvelle Héloïse.** Nouv. édit. 1 fort vol.

— **Contrat social,** ou principes de droits politique, précédé de discours, lettres à d'Alembert sur les spectacles, etc. 1 vol.

SAINT-EVREMOND. Œuvres Choisies. Précédées d'une Etude sur la vie et les ouvrages de l'auteur, par A.-Ch GIDEL. 1 vol.

SCARRON. Le Roman Comique. 1 vol.

— **Le Virgile travesti** en vers burlesques, avec la suite de *Moreau de Brazy*. Edition revue, introduction par M. Victor FOURNEL. 1 vol.

SEDAINE. Théâtre, Introd. par L. MOLAND. 1 vol.

SÉVIGNÉ (Mme de). **Lettres choisies,** accompagnées de notes explicatives sur les faits et les personnages du temps et précédées de quelques observations littéraires, par SAINTE-BEUVE. 1 vol.

SHAKSPEARE. Œuvres complètes. Traduction de M. GUIZOT. 8. vol.

SOPHOCLE. Tragédies. Traduction par **M. L.** HUMBERT. 1 vol.

SOREL. La vraie histoire comique de Francion. Nouv. édit. avec notes. 1 vol.

STAEL (Mme de). **Corinne ou l'Italie,** observations par Mme NECKER de SAUSSURE et SAINTE-BEUVE. 1 vol.

De l'Allemagne. Edition revue avec soin. 1 v. »

STERNE. Tristram Shandy, Voyage sentimental, Nouvelle édition. 2 vol.

TABARIN (**Œuvres de**), avec les ***Aventures du Capitaine Rodomont***, la ***Farce des Bossus*** et autres pièces tabariniques, préface et notes par d'HARMONVILLE. 1 vol.

TASSE (LE). Jérusalem délivrée. Traduction en prose. 1 vol.

THEATRE DE LA RÉVOLUTION. — Charles IX. — Les victimes cloîtrées. — L'ami des lois. — Madame Angot. — Madame Angot dans le sérail de Constantinople, introduction et notes par M. L. MOLAND 1 vol.

THIERRY (**Œuvres d'Augustin**) Edition définitive revue par l'auteur, et augmentée d'un 7e récit des temps mérovingiens. 9 vol.

— **Histoire de la conquête de l'Angleterre. 4 vol.**

— **Lettres sur l'Histoire de France.** 1 vol.

— **Dix ans d'Etudes historiques.** 1 vol.

— **Récits des Temps Mérovingiens.** 1 vol.

— **Essai sur l'Histoire du Tiers Etat.** 1 vol.

THIERS. Histoire de la Révolution de 1870. Déposition de M. Thiers (Enquête des 4 septembre et 18 mars). 1 vol.

THUCYDIDE. Histoire. Trad. LOISEAU. 1 vol.

TOPFFER. Premiers voyages en zigzag. 2 vol. in-18 illustrés.

— **Nouveaux voyages en zigzag. 2 vol. in-18 illust.**

— **Nouvelles Génevoises.** 1 vol. in-18 illustré.

— **Rosa et Gertrude.** 1 vol. in-18.

VADÉ. (Œuvres). Précédées d'une **notice sur** sa vie et ses œuvres, par Julien LEMER. **1 vol.**

VALLET (de Viriville). **Chronique de la Pucelle,** documents inédits relatifs **aux** règnes **de** Charles VI et Charles VII, etc. 1 vol.

VAUQUELIN DE LA FRESNAYE (**Œuvres poétiques** de). Textes conformes à l'édition de **1605.** Notice par PÉLISSIER. 1 vol.

VILLON. (François). **Poésies complètes, notes par** M. L. MOLAND. 1 vol.

VOISENON. Contes et poésies fugitives. Précédées d'un notice sur la vie de Voisenon. 1 vol.

VOLNEY. Les ruines. — La loi naturelle. — L'histoire de Samuel. Edition revue. **1 vol.**

VOLTAIRE. 11 vol.

— **Théâtre, contenant tous les chefs-d'œuvre** dramatiques, 1 vol.

— **Le Siècle de Louis XIV.** Nouvelle édition revue, 1 vol.

— **Siècle du Louis XV. histoire du Parlement.** 1 vol.

— **Histoire de Charles XII.** Edition revue. **1 vol.**

— **La Henriade.** 1 vol.

— **Pucelle d'Orléans.** Poèmes., 21 chants. **1 vol.**

— **Romans et contes en vers.** 1 vol.

— **Epîtres, contes, satires, épigrammes.. 1 vol.**

— **Lettres choisies.** Notices et notes **explicatives** sur les faits et sur les personnages **du** temps, par M. Louis MOLAND. 2 vol.

— **Le Sottisier,** suivi de remarques sur le **discours** sur l'inégalité des conditions et **sur le** Contrat social de J.-J. Rousseau. 1 vol.

WAREE Curiosités judiciaires. 1 vol.

WECKERLIN. Musiciana Anecdotes, etc. 1 vol.

— **Nouveau Musiciana.** 1 vol.

YSABEAU (Docteur). **Le Médecin du Foyer.** ***Guide médical des familles.*** 1 vol.

BIBLIOTHÈQUE D'UTILITÉ PRATIQUE

DICTIONNAIRE CLASSIQUE DE LA LANGUE FRANÇAISE

Comprenant les mots du Dictionnaire de l'Académie et un très grand nombre d'autres autorisés par l'emploi qu'en ont fait les bons écrivains; leurs acceptions propres et figurées et l'indication de leur emploi dans les différents genres de style : les termes usités dans les sciences, les arts, les manufactures, ou tirés des langues étrangères; la prononciation de tous les mots qui présentent quelque difficulté; un vocabulaire général de géographie, d'histoire et de biographie.

Par N. BESCHERELLE aîné, *auteur du Dictionnaire National de la langue française.*
1 fort vol. grand in-8 jésus, illustré de 120 grav. dans le texte et de 10 cartes et grav. Relié. . . . 20 fr.

NOUVEAU

DICTIONNAIRE COMPLET DES COMMUNES DE LA FRANCE

ALGÉRIE — TUNISIE — TONKIN ET TOUTES LES COLONIES FRANÇAISES

CONTENANT :

La nomenclature de toutes les communes, leur division administrative, leur population d'après le dernier recensement, leurs principales sections, les châteaux, les bureaux de poste, leur distance de Paris, les stations de chemins de fer, les bureaux télégraphiques, l'industrie, le commerce, les productions du sol et tous les renseignements relatifs à l'organisation, le tableau des communes annexées à l'Allemagne, etc. par M. Gindre de Mancy père, membre de la Société philotechnique et de plusieurs sociétés savantes, avec les cartes de la France, de l'Algérie, de la Tunisie et du Tonkin. Nouvelle édition, revue, corrigée augmentée. 1 fort volume grand in-8° à 2 colonnes. . . . . 15 fr.
Relié demi-chagrin. . . . . 18 fr.

DICTIONNAIRE COMPLET DES COMMUNES DE LA FRANCE

DE L'ALGÉRIE, DES COLONIES FRANÇAISES ET AUTRES PAYS DE PROTECTORAT

Précédé de tableaux synoptiques, par Gindre de Mancy. Edition revue et augmentée par M. Désiré Lacroix, sous-chef au ministère de l'instruction publique. 1 fort vol. in-32 de 955 pages, relié toile élégante 5 fr.

NOUVEL

ATLAS UNIVERSEL DE GÉOGRAPHIE

COMPRENANT LA GÉOGRAPHIE ANCIENNE, DU MOYEN-AGE, MODERNE ET CONTEMPORAINE

CONTENANT 156 CARTES EN COULEURS

Par L. GRÉGOIRE

Docteur ès-lettres, Professeur d'Histoire et de Géographie, auteur du *Dictionnaire des lettres et des arts*, du *Dictionnaire d'Histoire et de Géographie*, de la *Géographie illustrée*, etc., etc.

Cet atlas correspond pour l'histoire au cours de MM Duruy, Vast et Jallifier, professeurs aux lycées Louis-le-Grand et Condorcet, et aux cours de géographie de M. Wahl, professeur d'histoire et de géographie au lycée Condorcet, 1 volume in-4°, demi-basane. 12 fr. 50 Relié dos et coins peau . . . 20 fr.

ABRÉGÉ MÉTHODIQUE DE LA SCIENCE DES ARMOIRIES

Suivi d'un glossaire des attributs héraldiques, d'un traité élémentaire des ordres modernes de chevalerie et de notions sur l'origine des noms de famille et des classes nobles, les anoblissements, les preuves et les titres de noblesse, les usurpateurs et la législation nobiliaire, etc., par M. Maigne. Nouvelle édition, remaniée et augmentée, illustrée. 1 vol. in-8. . . . . 10 fr
Imprimé à 154 exemplaires numérotés sur papier de Hollande. . . . . 20 fr.

NOBILIAIRE DE NORMANDIE

Publié par une Société de généalogistes, avec le concours des principales familles nobles de la province sous la direction de E. de Magny. 2 vol. grand in-8 . . . . 40 fr.

NOUVEAUX
DICTIONNAIRES EN DEUX LANGUES

FORMAT IN-32, DIT CAZIN

Avec la prononciation figurée, très complets et exécutés avec le plus grand soin, contenant chacun la matière d'un fort vol in-8°, à l'usage des voyageurs, des lycées, des collèges, de la jeunesse des deux sexes, et de toutes les personnes qui étudient les langues étrangères.

DICTIONNAIRE ANGLAIS-FRANÇAIS ET FRANÇAIS-ANGLAIS contenant tous les mots de la langue usuelle et donnant *la prononciation figurée*, dans les deux langues, par M. CLIFTON. Nouvelle édition, revue et augmentée, par M. E. FÉNARD, agrégé de l'Université, professeur de langue anglaise au lycée Janson-de-Sailly. 1 vol. relié . . . . 5 fr.

DICTIONNAIRE ALLEMAND-FRANÇAIS ET FRANÇAIS-ALLEMAND du langage littéraire, scientifique et usuel; contenant, à leur ordre alphabétique, tous les mots usités et nouveaux de ces deux idiomes; *la prononciation, la grammaire*, par K. ROTTECK. 1 volume relié. . . . . 5 fr.

DICTIONNAIRE ITALIEN-FRANÇAIS ET FRANÇAIS-ITALIEN contenant tous les mots de la langue usuelle et donnant la prononciation figurée, dans les deux langues, par C. FERRARI. 1 fort volume relié . . . . 5 fr.

DICTIONNAIRE FRANÇAIS-ESPAGNOL ET ESPAGNOL-FRANÇAIS avec *la prononciation* dans les deux langues, par VIGENTE SALVA. 1 fort volume relié . . . . 6 fr.

DICTIONNAIRE PORTUGAIS-FRANÇAIS ET FRANÇAIS-PORTUGAIS avec la prononciation figurée dans les deux langues, rédigé d'après les meilleurs dictionnaires, par SOUZA PINTO. 1 fort vol. rel. . . . . 6 fr.

DICTIONNAIRE FRANÇAIS-RUSSE ET RUSSE-FRANÇAIS contenant tous les mots de la langue usuelle, ainsi que les termes scientifiques et techniques, suivi d'un abrégé de la grammaire russe, par SOKOLOFF. 2 volumes reliés . . . . 10 fr.

DICTIONNAIRE LATIN-FRANÇAIS contenant tous les termes employés par les auteurs classiques; l'explication d'un certain nombre de mots appartenant à la langue du droit; les noms propres; par DE SUCKAU. . . . 5 fr.

DICTIONNAIRE FRANÇAIS-LATIN comprenant tous les mots employés par les auteurs classiques, par E. BENOIST, professeur à la Sorbonne. 1 vol. relié. . . . . 5 fr.

DICTIONNAIRE GREC-GRANÇAIS rédigé sur un plan nouveau, contenant tous les termes employés par les auteurs classiques, présentant un aperçu de la dérivation des mots dans la langue grecque, par A. CHASSANG, inspecteur général. 1 vol. relié . . . 6 fr.

DICTIONNAIRE GREC MODERNE-FRANÇAIS ET FRANÇAIS-GREC MODERNE, contenant les termes de la langue parlée et de la langue écrite, par EMILE LEGRAND. 2 vol. reliés. . . . 12 fr.

DICCIONARIO ESPANOL-INGLES E INGLES ESPANOL PORTATIL, con la pronunciation en ambas lenguas. Formado con presencia de los mejores diccionarios ingleses y españoles, por Don F. CORONA BUSTAMENTE. 2 volumes reliés. . . . . 6 fr.

DICCIONARIO ESPANOL-ALEMAN Y ALEMAN-ESPANOL. El más completo de los publicados hasta el dia, los terminos literarios y los del lenguaje usual en sentido propio y figurado; las voces usadas en las artes y oficios, los nombres propios de personas, de geografia, etc., por Arturo ENENKEL. 1 volume relié . . . . 6 fr.

DICCIONARIO ESPANOL-ITALIANO E ITALIANO-ESPANOL con la pronunciación en ambas lenguas, compuesto por D.-J. CACCIA, con arreglo á los mejores diccionarios y el más completo de los publicados. 1 volume relié . . . . 6 fr.

NEW DICTIONARY OF THE ENGLISH and ITALIAN LANGUAGES, containing every word in general use, a copious selection of scientific and technical terms and the prononciation of every english word, by Alph. DE BIRMINGHAM. 1 volume relié. . . . . 6 fr.

DICTIONNAIRE ANGLAIS-PORTUGAIS ET PORTUGAIS-ANGLAIS contenant tout le vocabulaire de la langue usuelle et donnant la prononciation figurée de tous les mots anglais et portugais dans tous les cas incertains ou difficiles, par CASTRO DE LA FAYETTE, professeur à l'Institut polyglotte de Paris. 1 vol. relié. . 6 fr.

DICTIONNAIRE ITALIEN-ALLEMAND ET ALLEMAND-ITALIEN composé d'après un nouveau plan contenant, outre les mots usuels, les noms des pays ou des personnes, et enrichi d'un tableau des verbes auxilliaires, réguliers et irréguliers des deux langues, par Arturo ENENKEL, 1 volume. . . . . 6 fr.

DICTIONNAIRE PORTUGAIS-ALLEMAND ET ALLEMAND-PORTUGAIS, avec la prononciation figurée dans les deux langues, par ENENKEL, et SOUZA PINTO. 1 vol. relié . . . . . 6 fr.

DICTIONNAIRE ITALIEN-PORTUGAIS ET PORTUGAIS-ITALIEN. 1 vol. . . . . 6 fr.

DICTIONNAIRE USUEL DE LA LANGUE FRANÇAISE

Comprenant 1° Les mots admis par l'Académie, les mots nouveaux dont l'emploi est suffisamment autorisé, les archaïsmes utiles à connaître pour l'intelligence des auteurs classiques, la prononciation dans les cas douteux, les étymologies, la solution des difficultés grammaticales et un grand nombre d'exemples; — 2° L'histoire, la mythologie et la géographie, par MM. BESCHERELLE aîné et A. BOURGUIGNON. 1 vol. grand in-18 jésus de 1271 pages, relié toile . . . . 5 fr.

DICTIONNAIRE des SYNONYMES
DE LA LANGUE FRANÇAISE

Comprenant et résumant tous les travaux faits jusqu'à ce jour sur les synonymes français et notamment ceux de GIRARD, D'ALEMBERT, DIDEROT, BEAUZÉE, ROUBAUD, CONDILLAC, GUIZOT, LAVEAUX, LAFAYE, etc., par A. BOURGUIGNON et E. BERGEROL. 1 fort vol. in-32, format Cazin, relié . . . . 5 fr.

DICTIONNAIRE ÉTYMOLOGIQUE
DE LA LANGUE FRANÇAISE

Par MM. BERGEROL et TULOU. 1 vol. in-32, format Cazin, relié . . . . 5 fr.

GRAMMAIRES EN DEUX LANGUES

GRAMMAIRE DE LA LANGUE ANGLAISE contenant : 1° Traité de la prononciation, *syllabaire*, exercices de lecture à l'usage des commençants; 2° Cours de thèmes complet sur les règles et difficultés : 3° Idiotismes; 4° Dialogues familiers, par CLIFTON et MERVOYER, 1 vol. in-18 . . . . 2 fr.

NEW ETYMOLOGICAL FRENCH GRAMMAR, giving for the first time the history of the French syntax, by A. CHASSANG. With introduction by L. BLOUET, B. A. French mater, St-Paul's School. 1 vol. in-18. . . . . . 5 fr.

GRAMMAIRE ALLEMANDE pratique et raisonnée à l'usage des classes de grammaire. Ouvrage rédigé conformément aux derniers programmes officiels par H.-A. BIRMANN professeur à l'école Turgot 1 vol. in-18 1 fr. 50

RECUEIL de LECTURES ALLEMANDES en prose et en vers, avec notes, notices sur les auteurs allemands, par H.-A. BIRMANN et M. DREYFUS, professeur à l'école Turgot. 1 volume in-18 . . . . 1 fr. 50

GRAMMAIRE ESPAGNOLE-FRANÇAISE DE SOBRINO, très complète et très détaillée, contenant toutes les notions nécessaires pour apprendre à parler et à écrire correctement l'espagnol. Edition refondue par A. GALBAN, professeur. 1 vol. in-8° relié. . . . . 4 fr.

NOUVELLE GRAMMAIRE ESPAGNOLE FRANÇAISE av. des thèmes et un grand nombre d'exemples dans chaque leçon, par A. GALBAN, professeur d'espagnol. 1 volume in-18 . . . 2 fr.

LEÇONS D'ESPAGNOL à l'usage des établissements d'instruction, par TH. ALAUX, professeur au lycée de Bordeaux, etc.
Première partie, in-18, cart. . . . . . 2 fr.
Deuxième partie, in-18, cart. . . . . . 3 fr.

NOUVELLE GRAMMAIRE RUSSE à l'usage des Français par N. SOKOLOFF, auteur du *Nouveau Dictionnaire français-russe et russe-français*. 1 volume in-18 . . . . . 3 fr. 50

GRAMATICA DE LA LENGUA FRANCESA, para uso de los españoles, por CHANTREAU, nueva edicion, revista y corregida con esmero por A. GALBAN, profesor de lenguas española y francesa. 1 tomo en 8°. . . . . 4 fr.

GRAMMAIRE ITALIENNE en 25 leçons d'après VERGANI, corrigée et complétée par C. FERRARI, ancien professeur à l'Université de Turin, auteur du *Dictionnaire italien-français*. 1 vol. in-18, cart. . . . . 2 fr.

NUOVA GRAMMATICA FRANCESE-ITALIANA di LUDOVICO GOUDAR, con nuove regole alla moderna pronunzia, ricavate dalle opere dei migliori grammatici. Edizione corretta e arrichita da CACCIA, autore del *Dizionario italiano spagnuole*. 1 volume in-12. . 2 fr.

GRAMMAIRE PORTUGAISE raisonnée et simplifiée, par M. Paulino DE SOUZA, 1 fort vol. grand in-18. cart . . . . 6 fr.

ABREGE DE LA GRAMMAIRE PORTUGAISE de P. DE SOUZA, avec un cours gradué de thèmes, par L.-S. A. DA FONSECA. 1 volume in-18. cart. . . . . 3 fr.

GUIDES POLYGLOTTES

Manuels de la conversation et du style épistolaire à l'usage des voyageurs et des écoles. Grand in-format, dit Cazin, papier satiné, reliure élégante . . . . 2 fr.

- Français anglais, par M. CLIFTON. 1 vol.
- Français italien, par M. VITALI. 1 vol.
- Français allemand. par M. EBELING. 1 vol.
- Français-espagnol, par BUSTAMANTE. 1 vol.
- Español-francés, por BUSTAMANTE. 1 vol.
- Español-inglés, por BUSTAMANTE y CLIFTON. 1 v.
- Español-aleman, por BUSTAMANTE y EBELING 1 v.
- Español-italiano, par BUSTAMANTE. 1 vol.
- Italiano-tedesco, da GIOVANNI VITALI. 1 vol.
- Italiano-portuguez, de G. VITALI, 1 vol.
- Español-portugués, por BUSTAMENTE y DUARTE 1 vol.
- English-italian, by CLIFTON. 1 vol.
- English french, by CLIFTON. 1 vol.
- English-portuguese, by CLIFTON. 1 vol.
- Hollandsch-fransch, van A. DUFRICHE. 1 vol.
- Deustch english, von EBELING. 1 vol.
- Portugues frances, por DUARTE y CLIFTON. 1 vol.

PAR EXCEPTION, reliure élégante, 3 fr.

- GREC moderne-français, par LEGRAND. 1 vol.
- Russe-français, par de MONTEVERDE. 1 vol.
- Russe-italien, par LE MÊME. 1 vol.
- Russe-allemand, par le MÊME.
- Anglais-russe, par LE MÊME. 1 vol.
- Français-roumain, par M. HASAN. 1 vol.

GUIDE EN QUATRE LANGUES : français-anglais-allemand-italien. 1 fort vol. in-32 de 364 pages. . . . . 3 fr.

GUIDE EN SIX LANGUES : français-anglais-allemand-italien-espagnol-portugais. 1 fort vol. in-16 de 350 pages. . . . . 5 fr.

GUIDE FRANÇAIS-ANGLAIS, avec la *prononciation figurée de tous les mots anglais*, à l'usage de tous les voyageurs. 1 vol. in-16 3 fr.

POLYGLOT GUIDES. With models of letters for the use of travellers and students. English and French with the figured pronunciation of the French, by MM. CLIFTON and DUFRICHE DESGENETTES. 1 vol. in-16. . 2 fr.

GUIDE FRANÇAIS-ALLEMAND avec la prononciation figurée des mots allemands, par M. BIRMANN. 1 volume in-16. . . . . . . 3 fr.

GUIDE FRANÇAIS-ESPAGNOL, avec la prononciation figurée des mots espagnols. 1 v. in-16 3 fr.

GUIDE FRANÇAIS-ITALIEN, avec la prononciation figurée des mots italiens, par VITALI et ANGELI. 1 vol. in-16 . . . . 3 fr.

MANUAL de la conversacion y del estilo epistolar **espanol-francés** con la pronunciación figurada de todas las palabras francesas, por CORONNA BUSTAMANTE. 1 vol. in-16, relié 3 fr.

Nous appelons d'une manière toute spéciale l'attention sur nos *Guides polyglottes*. Le soin intelligent et scrupuleux qui en a dirigé l'exécution leur assure une incontestable supériorité. Le texte original a été fait et préparé avec beaucoup d'adresse et d'habileté par un maître de conférences à l'Ecole normale supérieure, et les besoins de la conversation usuelle y sont très heureusement prévus.

CODES & LOIS USUELLES

CLASSÉS PAR ORDRE ALPHABÉTIQUE

Contenant la législation jusqu'à ce jour, collationnée sur les textes officiels

présentant en notes, sous chaque article des Codes, ses différentes modifications, la corrélation des articles entre eux, la concordance avec le droit romain, l'ancienne législation française et les Lois nouvelles,

PRÉCÉDÉE DES

LOIS CONSTITUTIONNELLES

et accompagnée d'une table chronologique et d'une table générale des matières

Par MM.

Augustin ROGER
Avocat à la Cour d'Appel de Paris
Auteur de la 2e édition du *Traité de la Saisie-Arrêt*

Alexandre SOREL
Président du Tribunal civil de Compiègne, Chevalier de la Légion d'honneur.

Cette édition est tenue au courant par un *Supplément* qui paraît chaque année au mois d'octobre.

Édition portative, format grand in-32 jésus, entièrement refondue, est imprimée en caractères neufs.

1re Partie. Les Codes, broché . . . . 4 fr. »
Relié, 1/2 chagrin. . . . . 5 fr. 25

2e Partie. Les Lois usuelles, 2 vol., broché. 8 fr. »
Relié, 1/2 chagrin, 2 vol. . . . . 10 fr. 5

CODES SÉPARÉS (Édition in-32) à 1 fr. 50 — Relié toile. . . . . 2 fr.

Code civil. 1 vol
Code de Procédure civile. 1 vol.
Code de Commerce et Sociétés. 1 vol.
Code d'Instruction criminelle, pénal et forestier. 1 vol

RÉPÉTITIONS ÉCRITES

SUR LE CODE CIVIL

Contenant l'exposé des principes généraux, leurs motifs et la solution des questions théoriques

Par MOURLON, docteur en droit, avocat à la Cour d'appel.

Deuxième édition, revue et mise au courant par M. Ch. Demangeat, Conseiller à la Cour de Cassation, professeur honoraire à la faculté de droit de Paris. 3 vol. in-8°. . . . . 37 fr. 50
Chaque examen, formant un volume, se vend séparément. 12 fr. 50

DICTIONNAIRE DE DROIT

COMMERCIAL, INDUSTRIEL ET MARITIME

Contenant la législation, la jurisprudence, l'opinion des auteurs, les usages du commerce, les droits de timbre et d'enregistrement des actes, enfin des modèles de tous les actes qui peuvent être faits, soit par les membres des tribunaux de commerce, soit par les commerçants eux-mêmes, par M. J. Ruben de Couder, docteur en droit, conseiller à la Cour de cassation. Troisième édition, dans laquelle a été entièrement refondu et mis au courant l'ancien ouvrage de MM. Goujet, conseiller à la Cour de cassation, et Merger, avoué. 6 forts vol. in-8° 60 fr. . . . . Bien reliés. 72 fr.

SUPPLÉMENT

au Dictionnaire de Droit commercial, industriel et maritime

Par **J. RUBEN DE COUDER**, Conseiller à la Cour de Cassation.

Ce supplément, conçu d'après la méthode du Dictionnaire, s'y rattache étroitement ; il le complète par de nombreuses références et le met au courant de la jurisprudence et de la législation jusqu'en 1897.

Toutes les lois nouvelles, si nombreuses depuis la publication du Dictionnaire, et qui ont introduit de si nombreuses modifications dans notre législation commerciale, industrielle et maritime, se trouvent analysées et commentées dans ce supplément.

La jurisprudence qui s'est formée sur ces lois nouvelles, et qui est le plus sûr guide pour éclairer les difficultés de leur interprétation occupe, dans ce supplément, une aussi large place que dans le Dictionnaire.

Le *Supplément* formera deux vol. in-8°. Le premier volume est en vente. Broché 10 fr. Relié. . . 12 fr.

Le 2e volume paraîtra à la fin de l'année 1897.

NOUVEAU
GUIDE EN AFFAIRES

Le Droit usuel ou l'Avocat de soi-même

Contenant toutes les notions de droit et tous les modèles d'actes dont on a besoin pour gérer ses affaires, soit en matière civile, soit en matière commerciale, etc.

Par DURAND DE NANCY

Nouvelle édition considérablement augmentée et mise au courant de la législation et de la jurisprudence les plus récentes, contenant la *Loi sur le Divorce, les Nouvelles Lois sur les Faillites, sur le Recrutement de l'Armée.*

Par l'aperçu des matières ci-après, on pourra se rendre compte de l'utilité incontestable de l'ouvrage

Organisation de la justice civile. — De quelques juridictions spéciales : tribunaux de commerce, prud'hommes, arbitrages. — De l'exécution des jugements. — Des actes authentiques et sous seing privé et des écritures privées. — Du timbre, de l'enregistrement et des droits de mutation. — Du mariage. — De la paternité et de la filiation. — Du contrat de mariage. — De la tutelle. — Des successions. — Des donations et testaments. — De la vente. — Du transport des créances et autres droits incorporels. — De l'échange. — Du louage. — Du prêt à intérêt et des rentes perpétuelles et viagères. — Du mandat ou de la procuration. — Du cautionnement. — Des transactions. — Des expertises. — Du bornage. — Des privilèges et hypothèques. — De la prescription. — Des commerçants. — Des livres de commerce; tenue de ces livres. — Des sociétés. — Des billets simples et des effets de commerce. — Des faillites et banqueroutes et de la liquidation judiciaire. — De la cession des biens et de l'atermoiement. — Des opérations de bourse. — Des brevets d'invention. — Des contributions indirectes. — De la contrainte par corps. — Du recrutement et de l'organisation générale de l'armée.

1 fort vol. grand in-18, 650 pages... **4** fr. **50** — Relié... **5** fr.

NOUVEAU
GUIDE PRATIQUE DES MAIRES

des Adjoints, des Secrétaires de mairie et des Conseillers municipaux

Contenant les lois, décrets, arrêtés, circulaires et décisions du Ministre de l'intérieur. — Les arrêts du Conseil d'État, de la Cour de Cassation *jusqu'en* 1893 sur toutes les matières de l'administration municipale. — Et un Traité complet de l'Etat civil. — De la police judiciaire des tribunaux de simple police. — Suivi d'un Formulaire de tous les actes à dresser par les maires, par DURAND DE NANCY. *Treizième édition entièrement refondue et annotée*, par RUBEN DE COUDER, Conseiller à la Cour de Cassation, ancien vice-président du Conseil général de la Seine. 1 vol. in-18 j. **7** fr. **50**. — Relié. . . . . **8** fr. **50**

LA NOUVELLE LOI MILITAIRE

PROMULGUÉE LE 16 JUILLET 1889

Contenant les décrets, modèles de certificats à l'usage des jeunes soldats ou de leurs parents, annotée et commentée par M. E. Sergent, 1 volume in-32 d'environ 300 pages. . . . . **1** fr. **50**

Honorée d'une souscription du Ministre de la Guerre.

GUIDE PRATIQUE DES GARDES CHAMPÊTRES

Et des Gardes particuliers, par M. Marcel Grégoire, sous-préfet. 1 vol. in-18 jésus. 2ᵉ édition. . **2** fr.

GUIDE POUR LE CHOIX D'UNE PROFESSION

Contenant des renseignements précis sur les professions qui exigent des préparations spéciales et sur les Institutions, Facultés et Écoles qui préparent aux différentes carrières, par F. de Donville.

2 volumes in-18 jésus

JEUNES GENS. 1 volume . . . . **3** fr.
JEUNES FILLES. 1 volume . . . . **3** fr.

LA TENUE DES LIVRES

APPRISE SANS MAITRE

En partie simple et en partie double, mise à la portée de toutes les intelligences. Comptabilité des Commerçants, Banquiers, Industriels, Propriétaires, Entrepreneurs, Agents de change, Courtiers, Agriculteurs, des Sociétés en commandite et par actions, etc. Ouvrage offrant un cours complet de contentieux commercial. Adopté par le Tribunal de commerce de la Seine et par l'Ecole du commerce et des arts industriels de Paris, par Louis Deplanque, expert près les Cours et Tribunaux, professeur de comptabilité générale. Vingt-troisième édit. 1 fort vol. in-8. **7** fr. **50**. — Relié demi-chagr. tr. jasp. . . . . **10** fr.

LA TENUE DES LIVRES

Rendue facile ; comprenant une instruction pratique pour l'application à toute espèce de compte des règles de la comptabilité en partie double et en partie simple, suivie d'une nouvelle manière rapide et sûre de calculer les intérêts et d'un projet d'établissement de livres pour simplifier les écritures de commerce, par Edmond Degrange. Edition revue avec soin par Lefebvre. 1 vol. in-8. **5** fr.

LE SECRÉTAIRE

DES FAMILLES ET DES PENSIONS

Contenant : 1° les règles du style épistolaire ; 2° des exerc. sur les suj. de lett. les plus usuels; 3° des lett. choisies des écriv. célèb., par le même. 1 vol. **2** fr.

LE SECRÉTAIRE COMMERCIAL

Par Henri Page. Extrait de la *Correspondance Commerciale*. 1 vol. in-18. **3** fr. — Relié toile. **4** fr.

NOUVEAU GUIDE

DE LA

CORRESPONDANCE COMMERCIALE

Contenant 515 lettres : circulaires, offres de services, entrée en relations, lettres d'introduction, et de recommandation, lettres de crédit, prise d'informations et demande de renseignements, ordres de bourse, ordres en fabrique, en entrepôt, à des commissionnaires, demandes d'argent à des non-commerçants, remises, traites, lettres de change, affaires en participation, consignations, transports, assurances, avaries, transactions générales, etc., etc., par Henri Page. 1 vol. in-8. **6** fr. Relié 1/2 chag., tr. jasp. **8.50**

NOUVEAU CORRESPONDANT

COMMERCIAL

EN FRANÇAIS ET EN ANGLAIS

Recueil complet de lettres sur toutes les affaires de commerce, par J. Mc Laughlin, professeur au collège Sainte-Barbe. 1 fort vol. in-18, contenant 480 pages. Broché, **3 50**. — Elégamment relié. **4** fr.

NOUVEAU MANUEL

ÉPISTOLAIRE

EN FRANÇAIS ET EN ANGLAIS

Théorie, pratique, modèles, lettres d'invitation, félicitations, condoléances, pétitions, remerciement, excuses, affaires, etc., par le même. 1 fort vol. in-18, contenant 558 pages. Broché **3** fr. **50**. — Relié **4** fr.

LA CLEF DE LA

CORRESPONDANCE COMMERCIALE ANGLAISE, FRANÇAISE ET ESPAGNOLE

ou choix de phrases et de termes de commerce

Extraits d'un grand nombre de lettres, de comptes, catalogues, prix courants et autres documents anglais, mis en ordre et traduits dans le style commercial français et espagnol, par J.-B. L'Hermite. 1 volume broché. . . . **3** fr. — Relié . . . . **3** fr. **50**

LE SECRÉTAIRE UNIVERSEL

Modèles de lettres sur toutes sortes de sujets, modèles d'actes sous seing privé, avec des instructions détaillées sur ces actes ; choix de lettres des écrivains les plus célèbres, par Armand Dubois. 1 beau volume. . . . . **2** fr.

LE SAVOIR-VIVRE

DANS LA VIE ORDINAIRE ET DANS LES CÉRÉMONIES CIVILES ET RELIGIEUSES

Par Hermance DUFAUX

Cet ouvrage n'est point une de ces compilations de vieux traités de civilité puérile et honnête qui surgissent de temps à autre. C'est un travail neuf par la forme et par le fond, rempli d'appréciations personnelles, et décelant à chaque pas un auteur appartenant à la bonne compagnie.

1 volume in-18, broché. . . . . **3** fr.

Outre que ce *Savoir-Vivre* est un excellent guide pour mille situations délicates, c'est encore un livre d'une lecture agréable; il fourmille d'appréciations spirituelles et est écrit dans une langue excellente.

Relié toile élégante. . . . . **4** fr.

LA POLITESSE

MANUEL DE BIENSÉANCE ET DU SAVOIR-VIVRE

Par E. MULLER.

1 volume in-18 . . . . **2** fr.

L'ENFANT

HYGIÈNE et SOINS MÉDICAUX

POUR LE PREMIER AGE

A l'usage des jeunes mères et des nourrices,
Par Hermance DUFAUX DE LA JONCHÈRE.
Précédé d'une instruction par le docteur BLACHEZ.
Nombreuses gravures. 1 volume in-18. . . . . . **4** fr.

CE QUE LES MAITRES & LES DOMESTIQUES

Doivent Savoir

Par Mlle DUFAUX DE LA JONCHÈRE

CONSIDÉRATIONS MORALES ET CONDITIONS MATÉRIELLES

Ce livre traite des devoirs réciproques entre maîtres et domestiques, expose les prescriptions des différents codes qui les régissent. Il est pour le maître un conseiller sûr, pour le domestique un manuel qui l'aidera dans tous ses services.

1 volume in-18. . . . . **3** fr. **50**.

RECUEIL DE PENSÉES & DE MAXIMES MORALES

A L'USAGE DES FAMILLES ET DES ÉCOLES DE TOUS LES DEGRÉS

Par V. MARTEL

Ancien Professeur d'École normale, directeur d'École primaire supérieure, officier d'Académie

1 vol in-18 . . . . **3** fr.

L'ART DE VIVRE

Traité complet d'hygiène et de médecine

A L'USAGE DES GENS DU MONDE

Par le Docteur HUBERT BOENS

1 volume in-8° carré, 5e édition. . . . . . **3** fr.

HYGIÈNE

A l'Usage des gens du Monde.

Par le Docteur CARVALHO, ex-interne des Hôpitaux

1 volume in-18. . . . . **3** fr.

LE MAGNÉTISME ANIMAL

(HYPNOTISME ET SUGGESTION)

Par le Docteur MORAND

Le magnétisme animal est l'une des plus grandes attractions de notre temps. Les journaux, les théâtres entretiennent l'émotion du public et son goût pour les choses mystérieuses. Ce traité dit ce qu'il faut penser du magnétisme et met en garde contre les illusions qu'exploiteurs de crédulité ou inconscients tendent à faire prévaloir.

1 volume orné de nombreuses gravures . . . . **3** fr. **50**

HYGIÈNE DE LA GÉNÉRATION

Par le Docteur P. GARNIER (9 volumes à 3 fr. 50)

LE MARIAGE

DANS SES DEVOIRS, SES RAPPORTS ET SES EFFETS CONJUGAUX

Au point de vue légal, hygiénique, physiologique et moral

***Traduction** libre, refondue, corrigée et augmentée de* l'Hygiène del Matrimonio, *du docteur* **F. MONLAU.**

ÉDITION REVUE ET CORRIGÉE. — 1 FORT VOLUME IN-18. **3 FR. 50.**

Ce code des mariés, en indiquant toutes les conditions sanitaires, les règles hygiéniques et les lois morales à observer pour vivre unis et en bonne santé, offre donc le plus haut intérêt pour tous ceux qui se préoccupent d'être heureux et d'avoir une progéniture saine et robuste.

LA GÉNÉRATION UNIVERSELLE

LOIS, SECRETS ET MYSTÈRES CHEZ L'HOMME ET CHEZ LA FEMME

1 VOLUME IN-18 JÉSUS DE 500 PAGES, AVEC FIGURES. . . . . **3 fr. 50.**

Ce livre s'adresse à tous par ses renseignements utiles. L'homme des champs, comme le naturaliste et le philosophe, y trouvera la réfutation et la critique des systèmes matérialistes en vogue. C'est le catéchisme le mieux approprié à la jeunesse pour l'initier aux lois naturelles et l'empêcher d'y contrevenir.

L'ÉPUISEMENT NERVEUX GÉNITAL

CAUSES ET REMÈDES

Avec 152 observ. inédites et 1 planche. 1 v. in-18 j., 430 p. **3 fr. 50.**

L'IMPUISSANCE

PHYSIQUE ET MORALE CHEZ LES DEUX SEXES

CAUSES, SIGNES, REMÈDES

1 FORT VOLUME IN-18. . . . . **3 fr. 50**

Il ne s'agit pas seulement de l'impuissance physique. L'impuissance morale s'y trouve décrite sous ses diverses formes. D'où l'importance de distinguer ces deux espèces et de leur opposer des moyens différents.

STÉRILITÉ HUMAINE

ET L'HERMAPRODISME

1 VOLUME GRAND IN-18 JÉSUS DE 350 PAGES AVEC PLANCHES. . **3 fr. 50**

L'indication distincte, séparée pour chaque sexe, des causes, difformités et maladies pouvant amener cette infirmité, permettra aux intéressés de s'éclairer isolément sur leur cas particulier et de chercher à y remédier en secret.

ONANISME SEUL ET A DEUX

SOUS TOUTES SES FORMES ET LEURS CONSÉQUENCES

Description des contraventions et des fraudes de toutes sortes apportées aux lois naturelles de la génération et leurs effets immédiats ou éloignés sur cette fonction.

PAR LE MÊME. — 1 FORT VOLUME IN-18. . . . . **3 fr. 50.**

LE CÉLIBAT ET LES CÉLIBATAIRES

PAR LE MÊME. — 1 FORT VOLUME IN-18. . . . . **3 fr. 50.**

Ce titre légal, généralement faux en réalité, est dévoilé et flétri dans les désordres, les vices qu'il entretient, les abominations et les crimes qu'il provoque, et honoré dans les bienfaits les dévouements qu'il détermine, les vertus dont il est le mobile, comme les maladies auxquelles il est exposé.

ANOMALIES SEXUELLES

APPARENTES OU CACHÉES

Par P. GARNIER

Avec 230 observations inédites et cataloguées. 1 volume in-18 de 544 pages, avec planches : **3 fr. 50**

Exposé des difformités physiques et des troubles moraux, parfois monstrueux, constatés chez les deux sexes, dans les divers actes des fonctions génératrices, avec les moyens d'y remédier

LE MAL D'AMOUR

CONTAGION, PRÉSERVATIFS ET REMÈDES

AVEC 112 OBSERVATIONS, par le Docteur GARNIER.

Un fort volume in-18 jésus. . . . . **3 fr. 50**

Euphémisme ou **métaphore** des maladies vénériennes, formant le plus fréquent et le plus redoutable échec à la génération. Ce livre est le complément des précédents pour connaître les divers modes de contagion, ses prédispositions, ses préservatifs, les nouveaux moyens de guérison d'après 112 observations. Chacun peut s'éclairer et se traiter en secret, éviter toute récidive pour lui et ses enfants.

TRAITÉ THÉORIQUE ET PRATIQUE DE PHOTOGRAPHIE

Comprenant l'origine et les développements des procédés anciens et nouveaux, un guide pratique et complet pour l'amateur, avec un grand nombre de formules empruntées aux recueils les plus autorisés, une revue encyclopédique des principales applications de la photographie : *tableaux mouvementés, reproduction des objets coloriés, cinématographie*, etc.

par **Alexandre CORMIER**
Ancien élève à l'École Polytechnique, ingénieur civil des Mines.

1 vol. in-18, illustré de nombreuses gravures, broché **2** fr.

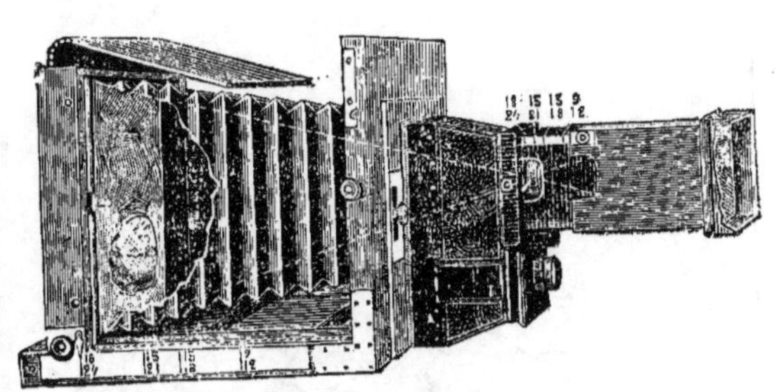

Extrait du *Traité de Photographie*. — Appareil d'agrandissement.

TOUS CYCLISTES

Traité Pratique et Théorique de Vélocipédie

par Ph. DUBOIS et H. VARENNES

AVEC CARTES ET GRAVURES

ET UNE PRÉFACE

par G. DAVIN de CHAMFCLOS

1 volume in-18. . . . . . . **2** fr. **25**

Relié toile élégante. . . . **3** fr. »

Extrait du *Traité de Vélocipédie*.

TRAITÉ DE PEINTURE A L'EAU

AQUARELLE

GOUACHE, MINIATURE

Par Mlle DE SÉRIGNAN, 1 vol. in-18, illustré de nombr. gravures. **3** fr.**50**

Extrait du Manuel d'*Escrime*.

MANUEL PRATIQUE D'ESCRIME

FLEURET, ÉPÉE, SABRE

Comprenant l'escrime moderne et l'historique de l'escrime ancienne, par M. Emile ANDRÉ, fondateur de la revue *L'Escrime française*. 1 vol. in-18 jésus, dessins d'après Merignac, Pini, Hissard, Alessandri, Chevillard, etc. . . . . . **3** fr. **50**

LA SCIENCE DES ARMES

L'ASSAUT ET LES ASSAUTS PUBLICS
LE DUEL ET LA LEÇON DE DUEL

Par Georges ROBERT, professeur d'escrime au Lycée Henri IV et au collège Sainte Barbe, avec une notice sur ROBERT Aîné, par M. Ernest LEGOUVÉ, membre de l'Académie française. 1 vol. grand in-8 jésus, avec 7 grands tableaux

Au lieu de 12 fr. . . . . **6** fr.

NOUVELLE ACADÉMIE DES JEUX

Contenant un dictionnaire des jeux anciens, le nouveau jeu de Croquet, le Besigue chinois, le Cinq cents, la Manille et une étude sur les jeux et paris de courses, par JEAN QUINOLA. 1 fort vol. in-18 av. fig. **5 fr.**

ANALYSE DU JEU DES ÉCHECS

Par A.-D. PHILIDOR. — Édition augmentée de 68 parties jouées par Philidor, du traité de Greco, des débuts de Stamma et de Ruy Lopey, par C. SANSON, 1 fort vol. in-18, *nombreuses planches* . **5** fr.

TRAITÉ DE WHIST

par M. DESCHAPELLES

1 volume in-8°. . . . . . **3** fr. **50**

Extrait des *Jeux de Société*. — Le Pont d'amour.

JEUX DE SOCIÉTÉ

Jeux de salon. — Jeux d'enfants. — Jeux d'esprit et d'improvisation. — Patiences. — Jeux divers. — Rondes et danses de Société, par L. DE VALAINCOURT. 1 vol. illustré de nombreuses vignettes . . . **3** fr. **50**

Extrait des *Les Passe-Temps*. Carosses automatiques.

POUR RIRE EN SOCIÉTÉ

Recueil choisi de calembours, jeux de mots, devinettes, charades, gasconnades, etc. couverture coloriée, par E. DUCRET. 1 volume . . . . **2** fr.

LE CHARLATANISME DÉVOILÉ

Ruses, trucs, supercheries des tricheurs, banquistes, empiriques, bateleurs, ventriloques, voleurs, sorciers et autres mystificateurs, par ETIENNE DUCRET, édition illustrée. 1 vol. in-18. . . . . . . **2** fr.

LES PASSE-TEMPS INTELLECTUELS

Récréations mathématiques, géométr., physiques, etc., suivis de l'art d'improviser les vers, jeux de mots, rébus, par DUCRET. 1 volume in-18 ill. . . **2** fr.

LE JEU DE TRIC-TRAC

Rendu facile, par J. L., anc. élève de l'École polytechnique. Comprenant les règles et des tables servant à calculer facilement les chances. 2 volumes in-8°. . . . . . **5** rf.

Extrait du *Traité de Coupe de Dame.*

TRAITÉ PRATIQUE

DE LA COUPE

ET DE LA

CONFECTION DES VÊTEMENTS

2 volumes illustrés,

par Marcel DESSAULT

Professeur de coupe à Paris.

HOMMES ET ENFANTS, 1 vol. 275 gravures. Broché. **4 fr. 50**
Relié . . . . **5 fr. 50**
DAMES ET ENFANTS, 1 vol. 355 gravures. Broché . . **5 fr.**
Relié. . . . . **6 fr.**

TRAITÉ PRATIQUE DES SAVONS & DES PARFUMS

Manuel raisonné du Cabinet de Toilette

Par Albert LARBALÉTRIER

Renfermant plus de 500 recettes et formules permettant de préparer soi-même les savons et les parfums usuels.
1 volume in-18 broché . . . . **2 fr.**

FABRICATION DU CIDRE, DU POIRÉ

ET DE SES DÉRIVÉS

Par M. TRITSCHLER, ingénieur des arts et manufactures

1 vol. in-18 jésus, avec gravures. . . . . **3 fr. 50**

L'ART DE RECONNAITRE

LES

FRUITS DU PRESSOIR

POMMES ET POIRES

Par A. TRUELLE

Pharmacien de 1re classe, correspondant de la Société nationale d'agriculture de France. 1 volume in-18. . . . . **4 fr.**

MEUNERIE

ET

BOULANGERIE

Nettoyage et appropriation des grains. — Différentes modes de moutures. — Meules. — Cylindres. — Blutage et sassage. — Altération des grains et farines, leur conservation. — Fours. — Pétrins. — Panifications.

Par M. Léon HENDOUX

Nombreuses vignettes explicatives.
1 vol. in-18, ... **5 fr.**

TRAITÉ

DE CHAUFFAGE ET D'ÉCLAIRAGE

Combustibles, cheminées, poêles, calorifères, fourneaux de cuisine, hygiène et économie du chauffage;
La lumière, éclairage artificiel — huile, pétrole, bougies, gaz d'éclairage, lumière électrique, etc., par A. Larbalétrier.
1 volume in-18 illustré. . . **2 fr.**

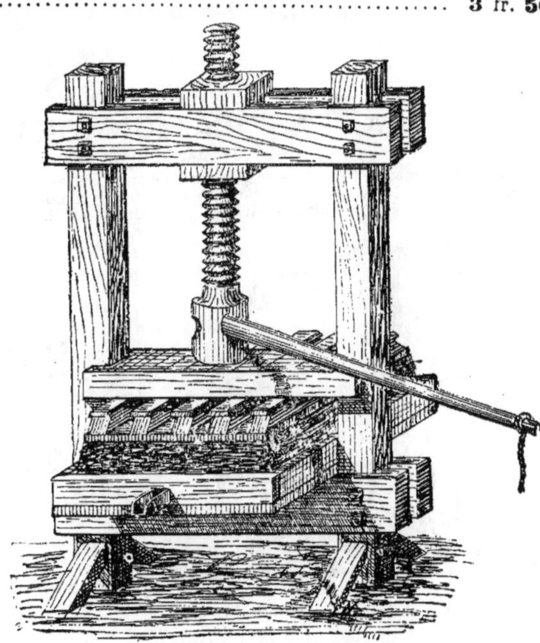

Extrait de la *Fabrication du Cidre*
Pressoir à vis en bois.

TRAITÉ COMPLET DE
MANIPULATION DES VINS
SUIVI D'UNE
REVUE GÉNÉRALE DE LA LÉGISLATION DES BOISSONS
Et d'une série de renseignements utiles concernant le commerce des Vins
Par **A. BEDEL**

2e édition. 1 beau volume in-18, avec gravures . . . . 3 fr. 50

LES NOUVELLES MÉTHODES
DE LA
CULTURE DE LA VIGNE
et de vinification
Par **A. BEDEL**

Rédacteur en chef du *Journal de la vigne* et du *Messager vinicole*
1 vol. in-18 orné de nombreuses gravures. . . . . . . 3 fr. 50

LE SUCRAGE DES VENDANGES

Dans la vinification et la production des vins de seconde cuvée, la fabrication des vins de raisins secs, par A. Bedel.
1 volume in-18. . . . . 0 fr. 75

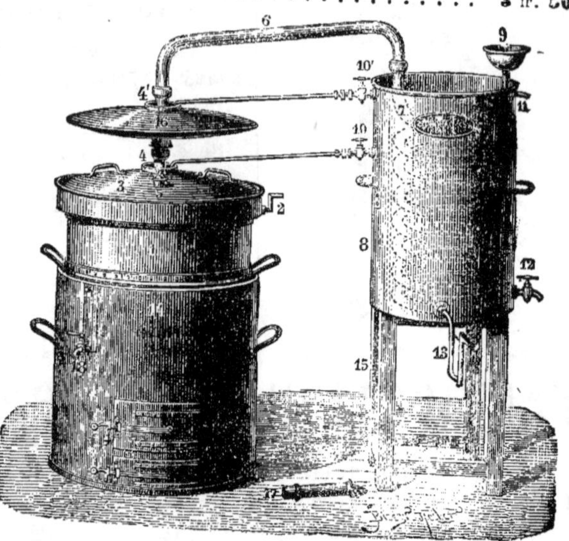

Extrait des *Eaux-de-vie*. — Alambic brûleur avec lentille de rectification

TRAITÉ PRATIQUE
DE LA FABRICATION DES EAUX-DE-VIE
par la distillation

Des vins, cidres, marcs, lies, mélasses, fruits à noyaux, dattes, caroubes, figues de Barbarie, châtaignes, asphodèle, gentiane, etc Fabrication des eaux-de-vie communes avec le trois-six d'industrie, etc., par Ch. STEINER, chimiste distillateur. 50 figures dans le texte. 1 vol. gr. in-18 . . . . 3 fr. 50

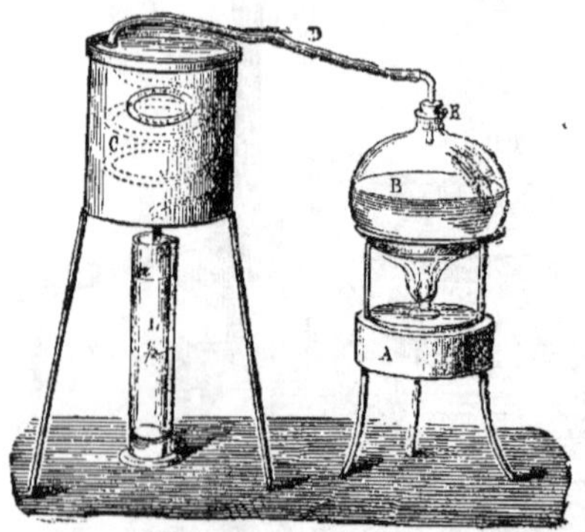

Extrait de ***La Brasserie***. — Alambic Salleron

TRAITÉ
THÉORIQUE ET PRATIQUE
DE LA
BRASSERIE
CONTENANT

L'analyse détaillée des méthodes les plus récentes appliquées à la fabrication de la bière, tant en vue d'obtenir des produits de premier ordre, qu'à fin de préserver ces derniers contre les nombreuses affections susceptibles de les atteindre.
Par **A. BEDEL**
Rédacteur en chef du *Journal de la Vigne* et du *Messager vinicole*
1 volume in-18 avec de nombr. gravures 3 fr. 50

BOISSONS ÉCONOMIQUES ET LIQUEURS DE TABLE
Traité pratique de la fabrication des vins, bières, cidres, poirés, sirops, ratafias, etc., par Léon Krebs.
1 volume in-18. . . . . 3 fr. 50

NOUVELLE FLORE FRANÇAISE

scription des plantes qui croissent spontanément en France et de celles qu'on y cultive en grand, avec l'indication de leurs propriétés et de leurs usages en médecine, en hygiène vétérinaire, dans les **arts et** dans l'économie domestique, par M. Gillet, vétérinaire principal de l'armée, et par M. J.-H. Magne, **pro**fesseur de botanique a l'Ecole d'Alfort, 1 beau volume grand in-18 jésus, 97 planches comprenant plus de 1200 figures, 2e édition . . . . **8 fr.**

GUIDE PRATIQUE

POUR LES

ERBORISATIONS

ET LA

Confection Générale des Herbiers

Par Clotaire DUVAL

crétaire général de la Société d'horticulture de Melun et de Fontainebleau, ancien chef de l'Ecole de botanique du Musée d'histoire naturelle, etc. 1 vol. in-18 jésus avec gravures. **1 fr. 50**

RAITÉ ÉLÉMENTAIRE D'AGRICULTURE

r M. G. Girardin, correspondant de l'Institut, recteur honoraire, directeur et professeur de chimie agricole et industrielle de l'Ecole supérieure des sciences de Rouen, et A. Dubreuil, professeur d'arboriculture et de viticulture dans les écoles d'agriculture de l'Etat et à l'Ecole d'arboriculture de la ville de Paris, etc., 4e édition. vec 995 gravures dans le texte. forts vol. grand in-18.. **16 fr.**

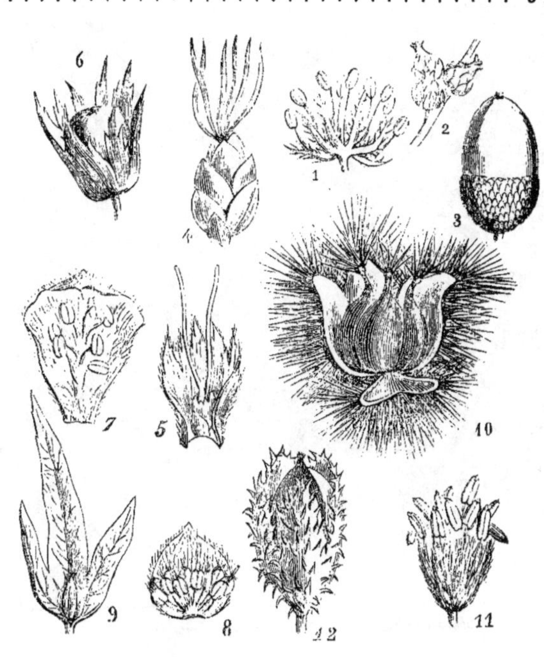

Gravure extraite de la *Flore française*

TRAITÉ PRATIQUE DES ENGRAIS

ORIGINES — UTILITÉ — EMPLOI

formation du sol arable, le fumier de ferme, les engrais naturels, les engrais chimiques, engrais **azotés**, engrais phosphatés, engrais potassiques, engrais calcaires, engrais composés, les exigences des **plantes** en principes fertilisants. — Par A. BEDEL, Rédacteur en chef du *Journal de la Vigne et de l'Agriculture*. Auteur des *Nouvelles Méthodes de culture de la Vigne et du traité complet de Manipulation des Vins*, 1 vol. in-18. . . . . **3 fr. 50**

COURS D'ARBORICULTURE

Partie. — PRINCIPES GÉNÉRAUX D'ARBORICULTURE. — Anatomie de la végétation. Pépinières, greffes, par M. A. Dubreuil, avec 175 figures dans le texte et une carte en couleur. 7e édition. volume grand in-18 . . . . 3 fr. 50

Partie. — CULTURE DES ARBRES ET ARBRISSEAUX A FRUITS DE TABLE, par M. A. Dubreuil, chargé du cours d'arboriculture au Conservatoire national des Arts et Métiers, membre de la Société nationale d'horticulture de France, etc., avec 553 figures, 1 vol. grand in-18, 7e édition. . 8 fr.

INSTRUCTION ÉLÉMENTAIRE

SUR LA

Conduite des arbres fruitiers

Greffe, taille. — Restauration des arbres mal taillés ou épuisés par la vieillesse. — Culture. — Récolte et conservation des fruits, par le même. — Ouvrage destiné aux jardiniers, aux élèves des fermes-écoles et des écoles normales primaires. 1 vol. in-18 jésus, de 207 figures. 9e édition . . 2 fr. 50

MACHINES AGRICOLES

LABOURS ET SEMAILLES

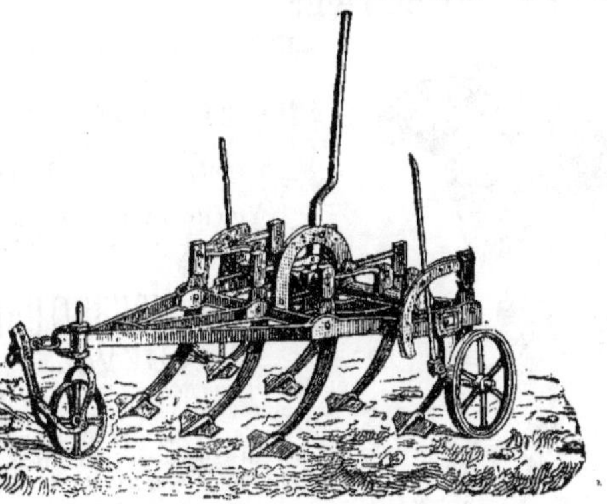

Extrait des *Machines agricoles*. — Herse Colman

MOTEURS,
RÉCEPTEURS, TRANSMISSIONS,
OPÉRATEURS,
MATÉRIAUX EMPLOYÉS,
SOINS A DONNER AUX MACHINES,
LABOURS A BRAS,
LABOURS PAR LES ANIMAUX,
200 FIGURES
DE MACHINES DES PRINCIPAUX
CONSTRUCTEURS FRANÇAIS,
PAR

A. POUSSART

1 vol. in-18, illustré de nomb. grav. 3 fr. 50

PETIT TRAITÉ
DE

MANIPULATIONS CHIMIQUES

Par E. GOELZER, préparateur au lycée Buffon. 1 vol. in-12 cartonné. . . 2 fr. 50

LES MACHINES DYNAMO-ÉLECTRIQUES

Principes généraux de théorie et d'application

Par R.-V. PICOU, ingénieur des Arts et Manufactures. 1 volume in-18. Nouvelle édition augmentée. . . . . 3 fr. 50

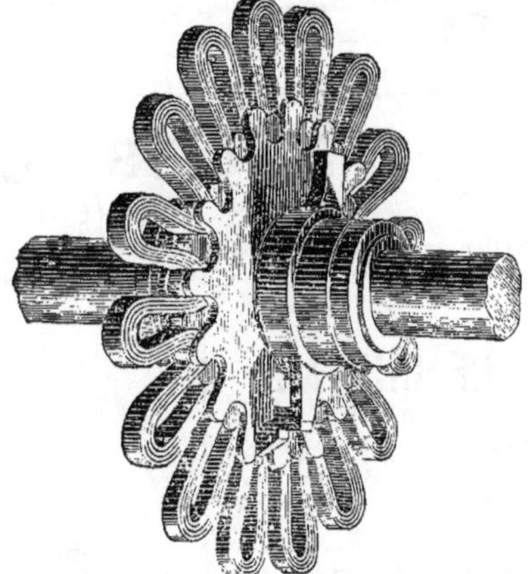

Extrait des *Machines Dynamo*. — Induit Ferranti.

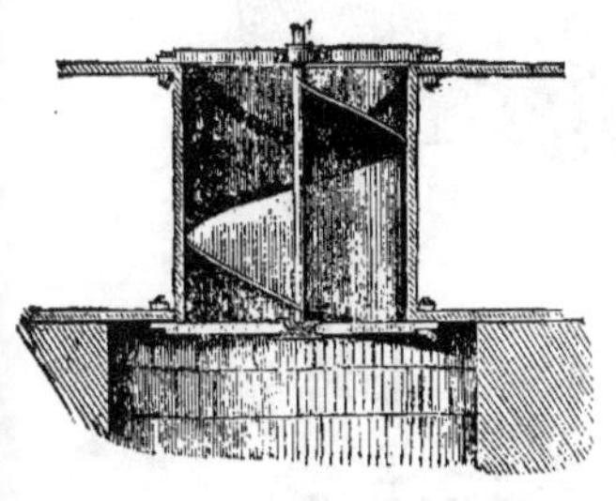

Extrait du *Traité de Mécanique*.— Vis pneumatique

TRAITÉ ÉLÉMENTAIRE

DE MÉCANIQUE

Par A. POUSSART
Ancien élève de l'École Polytechnique,
Ancien officier de marine.

1re PARTIE : Mécanique théorique et mécanismes. 1 vol. in-18 jésus, figures. . . . . 3 fr. 50
2me PARTIE : Moteurs, récepteurs, opérateurs. 1 vol. in-18 jésus, figures . . . . 3 fr. 50

TRAITÉ PRATIQUE D'ARPENTAGE

Par A. POUSSART
Ancien élève de l'École Polytechnique, ancien officier de marine.

1re PARTIE : Nivellement, levé de plans. 1 vol. in-18. Nombreuses figures. . . . . . . 3 fr.
2me PARTIE : Opérations à grande portée, tachéométrie. 1 vol. in-18. Nombreuses figures. 3 fr.

Honoré de souscriptions du Ministère de l'Instruction publique.

MANUEL DE ZOOTECHNIE
GÉNÉRALE ET SPÉCIALE

Gravure extraite de la *Zootechnie*. — Mouton flamand.

SCIENCES DE L'EXPLOITATION AGRICOLE
DES
ANIMAUX DOMESTIQUES
Par L. PAUTET, ancien répétiteur de physiologie à l'Ecole d'Alfort, vétérinaire sanitaire au marché de la Villette. 1 vol. in-18 illustré. Relié toile. . . . . 5 fr.

CHOIX ET NOURRITURE
DU CHEVAL
ou description de tous les caractères à l'aide desquels on peut reconnaître l'aptitude des chevaux aux différents services. 1 vol. in-18 jésus av. vignettes, par MAGNE. 3.50

CAUSERIES CHEVALINES
Par A. GAU . E
Propriétaire-Éleveur
1 vol. gr. in-18. . . . . . . 3 fr. 50

RACES CHEVALINES
Et leur Amélioration
Entretien, multiplication, élevage, éducation du cheval, de l'âne et du mulet. Ouvrage précédé de considérations générales sur l'amélioration des animaux domestiques, 1 vol. grand in-18 jésus. . . . . . 8 fr.

LE CHEVAL
TRAITÉ
COMPLET D'HIPPOLOGIE
Suivi d'un cours d'équitation pour le cavalier et la dame, d'une étude détaillée du cheval et de son entretien, d'un aperçu sur l'hippophagie et sur les diverses races élevées en France et à l'étranger, etc., par E. SANTINI, officier d'Académie, ancien directeur de la remonte au 2e régiment de chasseurs d'Afrique. Ouvrage orné de nombreuses figures intercalées dans le texte.
1 volume in-16 . . . . . 3 fr. 50

LE CHEVAL
MANUEL A L'USAGE
DE NOS AMATEURS DE CHEVAUX
ET DES GENS D'ÉCURIE
par un Homme de Cheval
1 vol. in-18 . . . . 3 fr.

Gravure extraite des *Races chevalines*. — Cheval d'allure.

MANUEL PRATIQUE D'ÉQUITATION
A L'USAGE DES DEUX SEXES
Par Ch. Le Brun Renaud
Ouvrage orné de 45 fig. 1 beau vol. in-18. . . 2 fr.
Relié, toile élégante. . . . . 3 fr.

DICTIONNAIRE DE JURISPRUDENCE
HIPPIQUE
TRAITÉ DES COURSES
Par M. CHARTON DE MEUR, avocat, 1 vol. in-18 br. 3 50

PRAIRIES ET ÉLEVAGE DU BÉTAIL

GUIDE PRATIQUE DE L'ÉLEVEUR

Extrait de l'*Élevage du Bétail*
Bœuf limousin.

Contenant : 1° Les soins à donner aux prairies; le choix des meilleurs procédés d'établissement, d'entretien et de récolte des prés;
2° La description des principales races des espèces bovine, ovine et porcine; leur mode raisonné d'alimentation et d'engraissement; les soins qui leur conviennent; des notions sommaires sur leurs maladies et les traitements à leur appliquer;
3° Une table de la composition classique de tous les aliments propres à nourrir le bétail.

Par A. BEDEL

Rédacteur en chef du *Journal de la Vigne et de l'Agriculture.*

1 vol. in-18, illustré de nombreuses vignettes, broché . . **3 fr. 50**

LES

VACHES LAITIÈRES

Choix. — Races. — Entretien. — Habitation. — Alimentation. — Reproduction. — Elevage. — Le lait et ses produits, par **Albert Larbalétrier.** Un vol. in-18, orné de 36 figures . . . . **2 fr.**

TRAITÉ PRATIQUE

DE LA LAITERIE

Lait. — Beurre. — Fromages, par **Albert Larbalétrier,** professeur à l'Ecole d'Agriculture du Pas-de-Calais, orné de 73 grav. 1 vol. in-18 . . **2 fr.**

MANUEL PRATIQUE DE

L'ACHAT ET DE LA VENTE

DU BÉTAIL

Bœufs. — Veaux. — Moutons. — Porcs. — Elevage. — Engraissement. — Police sanitaire. — Foires et marchés. — Vices rédhibitoires. — Boucherie, etc., par **Henri Villiers et Albert Larbalétrier,** professeurs à l'Ecole d'agriculture du Pas-de-Calais. — Nombreuses gravures. — 1 vol. in-18. . . . **2 fr. 50**

TRAITÉ PRATIQUE

DE L'ÉLEVAGE DU PORC

SUIVI D'UN TRAITÉ DE CHARCUTERIE

Par Auguste VALESSERT, ancien charcutier, contenant une étude sur les **truffes et les truffières,** par Albert LARBALÉTIER, 1 volume in-18 avec gravures. . . . . **3 fr. 50**

MANUEL PRATIQUE

DE L'AMATEUR DE CHIENS

Chiens de chasse.

Chiens de garde, Chiens de berger.

Chiens d'agrément.

Histoire, origine, intelligence, race canines, alimentation, élevage, soins de propreté, dressage, hygiène, maladies, taxe municipale, par Albert LARBALÉTRIER, ingénieur-agronome, lauréat de la Société protectrice des animaux. 1 vol. in-18. **2 fr.**

Extrait du *Traité de l'Élevage du Porc*
Porc de race asiatique.

TRAITÉ PRATIQUE

DE MÉDECINE VÉTÉRINAIRE

ART DE PRÉVENIR ET DE GUÉRIR LES MALADIES

Chez le Cheval, l'Ane, le Mulet, le Bœuf, le Mouton, le Porc et le Chien, par **H.-A. Villiers** et **A. Larbalétrier**
1 fort volume in-18 orné de 35 figures . . . . **3 fr. 50**

LES ANIMAUX DE BASSE-COUR

Elevage des Poules et Coqs, Dindons, Pintades, Oies, Canards, Cygnes, Paons, Pigeons, Cobayes et Lapins, Léporides, par **Albert Larbalétrier**, ingénieur-agronome, diplômé de l'Ecole nationale d'agriculture de Grignon, professeur à l'Ecole pratique d'agriculture du Pas-de-Calais, 1 volume in-18. . . . . **3 fr. 50**

Extrait des *Animaux de Basse-Cour.*

CONSERVATION
DES
OISEAUX
LEUR UTILITÉ POUR L'AGRICULTURE
Par M. le Président **Bonjean**, SÉNATEUR
TROISIÈME ÉDITION
1 volume in-32 Cazin . . . . **1 fr.**

L'ART
D'ÉLEVER ET D'INSTRUIRE
LES OISEAUX
Oiseaux chanteurs, Oiseaux parleurs, Oiseaux de volière
par **L.-E. CHAMPAIME**
1 volume in-18 avec de nombreuses vignettes. . . . **3 fr. 50**

Extrait de l'*Art d'élever les oiseaux*.— **Pinson**

LE PÊCHEUR A LA MOUCHE ARTIFICIELLE
ET
LE PÊCHEUR A TOUTES LES LIGNES

Par Charles de MASSAS. Quatrième édition, revue et corrigée, augmentée d'une étude sur le repeuplement des cours d'eau et la **pisciculture** par Albert LARBALÉTRIER.
Ouvrage orné de 80 vignettes.
1 volume in-18 . . . . **2 fr.**

Le pêcheur à toutes les lignes page 180.— **Grelot avec poulie verticale,**

LA
PÊCHE EN MER
ET LA
Culture des Plages

Pêches côtières à la ligne et aux filets. Pêcheries.— Pêches à pied.— Grandes pêches, par Albert LARBALÉTRIER.— 1 vol. in-18 ill. de 140 gravures. . **3 50**

DICTIONNAIRE
DES TERMES DE MARINE
(Principes généraux de théorie et d'application)
par POUSSART, officier de marine. Gravures, cartes.
1 volume in-32, relié,. . . . . 3 fr. 50

CHASSES
ET
PÊCHES ANGLAISES
Variétés de pêches et de chasses, 1 vol. in-8 **3 fr.**

LE CHASSEUR
AU CHIEN D'ARRÊT

Contenant les habitudes, les ruses du gibier, l'art de le chercher et de le tirer, le choix des armes, l'éducation des chiens, leurs maladies, etc., par Eléazar BLAZE.
1 volume in-18. . . . . **3 fr. 50**

Extrait de la *Chasse aux filets.*

LE
CHASSEUR CONTEUR
ou les Chroniques de la Chasse

Contenant des histoires, des contes, des anecdotes, et par ci, par là, quelques hâbleries sur la chasse, depuis Charlemagne jusqu'à nos jours, par Eléazar BLAZE, 1 vol. in-18. . . . . 3 fr. 50

LE
CHASSEUR AUX FILETS
ou la Chasse des Dames

Contenant les habitudes, les ruses des petits oiseaux, leurs noms vulgaires et scientifiques, l'art de les prendre, de les nourrir et de les faire chanter en toute saison, la manière de les engraisser, de les tuer et de les manger, par Eléazar BLAZE. 1 vol. in-18, orné de nombreuses gravures. 3 fr. 50

LE CHASSEUR AU CHIEN COURANT

Formant avec le *Chasseur au chien d'arrêt*, un cours complet de Chasse à tir et à courre, contenant les habitudes, les ruses des bêtes, l'art de les guetter, de les juger et de les détourner, de les attaquer, de les tirer ou de les prendre à force, l'éducation du limier, des chiens courants, leurs maladies, etc., par Eléazar BLAZE. 2 vol. in-18. Le volume. **3 fr. 50**

Marquis de FOUDRAS

LA
VÉNERIE CONTEMPORAINE
HISTOIRES BIZARRES
ESQUISSES & PORTRAITS

1 volume in-18. . . . . **2 fr.**

Extrait du *Guide Chasseur.*

GUIDE DU CHASSEUR AU CHIEN D'ARRET

Tous ses rapports théoriques, pratiques et juridiques

Par Ferdinand CASSASSOLES

1 volume in-18, orné de gravures.. . . . . **3 fr. 50**

LE NOUVEAU CUISINIER EUROPÉEN

Gravure extraite du *Cuisinier Européen*.

Ouvrage contenant les meilleures recettes des cuisines françaises et étrangères pour la préparation des potages, sauces, ragoûts, entrées, rôtis, fritures, entremets, desserts et pâtisserie, complété par un chapitre sur les dessertes ou l'*Art d'utiliser les restes* d'un bon repas et de servir les vins, les confitures, les sirops, les bonbons de ménage, les liqueurs, les soins à donner à une cave bien montée, par **Jules BRETEUIL**, ancien chef de cuisine. Nouvelle édition entièrement refondue par **NILGAR**, ancien chef de cuisine. 1 fort volume grand in-18, illustré d'environ 300 gravures et de 4 *planches en couleurs* permettant de *reconnaître la bonne qualité des différentes viandes*. 784 pages, reliure élégante. Pleine toile . . . . **5 fr.**

LE CUISINIER DURAND

Cuisine du Nord et du Midi, 9e édition revue et augmentée par **Charles DURAND**, petit-fils de l'auteur. 1 volume in-18, illustré de 160 figures . . . . 3 fr. 50
rel. pleine toile . . 4 fr. 50

LE MAITRE D'HOTEL FRANÇAIS
Par CARÊME

Nouvelle édition. 2 volumes in-8°, ornés de 10 grandes planches . . . . 16 fr.

Le livre le plus distingué qui existe sur la composition des menus pendant toute l'année, à Paris, Londres, Saint-Pétersbourg. Tous ces menus sont tirés des meilleures maisons de l'Europe : celles de MM. de Talleyrand, du baron de Rothschild, du roi Georges IV, de l'empereur Alexandre.

LE CUISINIER PARISIEN
Par CARÊME

3e édition. 1 vol. in-8°, orné de 25 planches. . **9 fr.**

Traité élégant, classique, de toutes les entrées froides et entremets. Il retrace les dispositions d'un déjeuner froid, des buffets et des tables de bal.

TRAITÉ DE L'OFFICE
Par T. BERTHE

Ex-officier de bouche de feu Son Excellence M. le comte Pozzo di Borgo.

Ouvrage indispensable aux Maîtres d'hôtel, Valets de chambre, Cuisiniers, etc.

1 volume in-18 jésus. . . . . 3 fr. 50.

LE CUISINIER MODERNE

OU LES SECRETS DE L'ART CULINAIRE

us, haute isine, pâtisrie, glaces, fice, etc., ivi d'un Dicnnaire com et des teres techniues, par Gustave CARLIN e Tonnerre), lève des preniers cuisiniers de Paris. Ouvrage comolet illustré 60 planches, 330 dessins) comprenant 5.000 titres et 700 observations. vol. in-4° 36 fr. en relié 46 fr.

Extrait du *Pâtissier Moderne*
Pain de gibier en Bellevue.

LE PATISSIER MODERNE

SUIVI D'UN TRAITÉ DE CONFISERIE D'OFFICE

Extrait du *Petit Cuisinier Moderne*. — Poulet à la marengo.

PAR
Gustave CARLIN
(de Tonnerre)

Élève des premiers cuisiniers de Paris, auteur du Cuisinier Moderne.

Ouvrage illustré de 262 dessins gravés par M. BLITZ, représentant les principales pièces montées de la cuisine, de la pâtisserie et des glaces, contenant 3.300 titres et 460 observations. 1 volume grand in-8° relié toile . . 20 fr.

CARTE ILLUSTRÉE

PAR CARLIN

à l'usage des restaurateurs, maîtres d'hôtels établissements de comestibles, contenant 320 dessins gravés par BLITZ. 1 vol. in-4° . . . . . 10 fr.

LE PETIT CUISINIER MODERNE

OU LES
SECRETS DE L'ART CULINAIRE

PAR
Gustave CARLIN (*de Tonnerre*)

1 vol. in-8° de 900 pages, orné de nombr. grav. Relié toile . . . . 8 fr.

TRAITÉ PRATIQUE DE LA PATISSERIE

AVEC UN APERÇU DES GLACES, SIROPS et CONFITURES

Par **H. GUERRE**

1 volume in-8° avec 16 planches en chromolithographie. Broché. . . . . 6 fr. — Relié. . . . . . .

M. Guerre, notre membre honoraire, vient de faire paraître un Traité de pâtisserie, dont la lecture vivement intéressé; chaque recette dénote la longue expérience du maître. Ce traité pourra sûre tirer d'embarras ceux qui ne pratiquent pas journellement.
(*Compte rendu de M. Guerbois, président de la Société des Pâtissiers-Glaciers.*)

LE PATISSIER NATIONAL PARISIEN

OU

TRAITÉ ÉLÉMENTAIRE ET PRATIQUE

DE LA

PATISSERIE ANCIENNE ET MODERNE

Suivi d'observations utiles au progrès de cet art, par M. A. CARÊME, de Paris. Nouvelle édition revue et corrigée, nombreuses figures. 2 forts volumes in-18 . . . . 8 fr.

Extrait du *Pâtissier Moderne*
Meringue montée et au gros sucre.

LA CONSERVE ALIMENTAIRE

Traité Pratique de Fabrication

Par **CORTHAYS**

Un volume grand in-8° jésus avec nombreuses figures dans le texte, au lieu de 30 fr. . **10 fr**

LE CONSERVATEUR

OU

LIVRE DE TOUS LES MÉNAGES

D'après les travaux de Carême, Appert, etc., par Léon KREBS
150 gravures. 1 volume in-18 . . . . 3 50

ANTONIN CARÊME.— L'Art de la cuisine française au XIX° siècle, par CARÊME et PLUMEREY.
5 vol. in-8. Les 3 premiers vol. sont rares et et épuisés.

— **Les tomes IV et V** composés par M. PLUMEREY, chef des cuisines de l'Ambassade de Russie à Paris, se vendent séparément et contiennent les entrées chaudes les rôts en gras et en maigre, les entremets de légumes, toute la moyenne du beau service précédent et son complément. . . . . 16 fr.

GUIDE PRATIQUE DES MÉNAGES

Contenant plus de **deux mille recettes** sur la préparation et la conservation des aliments, l'art d'entretenir la santé et de soigner les malades, de préparer les médicaments, l'hygiène de la toilette, l'assainissement des habitations, etc. Par le docteur ELLET. 1 vol. in-18. . . . . 3 fr. 50

LE PATISSIER PITTORESQUE

Chef-d'œuvre d'invention et de dessin de **l'art** si difficile de monter les pièces, de décorer une table. Les premiers modèles des grandes pièces s'y trouvent réunis. 4° édition.

1 vol. gr. in-8. 126 planches . . . 10 fr. 50

IMPRIMERIE F. IMBERT, 7, RUE DES CANETTES, PARIS.

www.ingramcontent.com/pod-product-compliance
Lightning Source LLC
LaVergne TN
LVHW052013160826
845678LV00003B/1033

* 9 7 8 2 3 2 9 6 4 3 4 0 3 *